MICHAEL DUESBERG

VERZAUBERTE
WEIHNACHT

AF196928

 tredition®

Impressum:
© 2018 Michael Duesberg

Umschlagbild: © cocoparisienne I www.pixabay.com
Layout und Umschlaggestaltung:
Angelika Fleckenstein; spotsrock.de

Verlag und Druck: tredition GmbH, Halenreie 40-44, 22359 Hamburg

ISBN: 978-3-7469-9464-2 (Paperback)
          978-3-7469-9465-9 (Hardcover)
          978-3-7469-9466-6 (e-Book)

Bibliografische Information der Deutschen Nationalbibliothek: Die Deutsche Nationalbibliothek verzeichnet diese Publikation in der Deutschen Nationalbibliografie; detaillierte bibliografische Daten sind im Internet über http://dnb.d-nb.de abrufbar.

Michael Duesberg

Verzauberte Weihnacht

INHALT

VORSPANN

Gibt es etwas, bei dem ihr zu hundert Prozent sicher seid, dass es niemals eintreten wird? Dann will ich euch warnen: Unmögliches geschieht öfter als ihr denkt.

Was sich in dieser Geschichte zugetragen hat, ist unwahrscheinlicher als – was soll ich sagen? – als einem Eisbären das kleine Einmaleins beizubringen. Und doch geschah es ...

Seit den Tagen Olavs des Heiligen, der von 995 bis 1030 lebte und damals noch ,Olav der Dicke' hieß, war der Yul-Zauber nicht mehr aufgetreten. Irgendwann, noch im 11. Jahrhundert, schien er sang- und klanglos verschwunden zu sein und war wohl mit den alten Göttern zusammen zur Hel hinabgesunken. Heutzutage ist nicht einmal mehr bekannt, was sich hinter dem Begriff überhaupt verbarg. Es gab auch bisher nie Grund zu der Annahme, dieser Zauber oder etwas Vergleichbares könne je wieder in Erscheinung treten. Das Christentum hatte die Zeit der germanischen Götter abgelöst, und die Neuzeit das Christentum. Die herrschende Religion der Moderne nannte sich „Materialismus", berauschte natürlich auch wieder Viele, aber richtig zaubern konnte sie eigentlich nicht, so wenig wie es der Glaube an Odhin, an den Yulspuk oder an den Osterhasen vermocht hatte.

Und nun war dieser uralte Spuk aus der Unterwelt emporgestiegen! Im Herzen Mitteleuropas, im nüchternen badisch-schwäbischen Bodenseeraum, umspann er auf einmal eine ganze Gruppe ahnungsloser junger Leute, von denen keiner irgendetwas Wunderbares vom eben anbrechenden Advent oder der folgenden Weihnachtszeit erwartet hatte. Man war wohl eher von einer Zeit der Ruhe, der trauten Zweisamkeit mit dem Partner und vielleicht noch der Pflege einiger Steckenpferde ausgegangen. Klar wollte man sich auch mal als

Freundeskreis treffen, doch das sollte dann eher später, so gegen Silvester stattfinden.

Nun, Zauberdinge lassen sich ganz schlecht einplanen, und berechenbar sind sie schon dreimal nicht: Sie geschehen einfach, fragen nicht danach, ob sie willkommen oder gefürchtet sind, und so war es dann auch hier. Den Betroffenen meistens ungelegen, passierten Schlag auf Schlag die merkwürdigsten, unheimlichsten Dinge, und niemand konnte sie steuern oder bremsen. Manchmal bricht ein Freundeskreis nach solch traumatischen Erlebnissen auseinander, manchmal wird er aber auch enger zusammengeschweißt. Hier geschah letzteres, und davon will ich erzählen.

1. KAPITEL

13. DEZEMBER

Joachim führte ein nicht gerade langweiliges, aber doch völlig normales Leben. Nichts deutete darauf hin, dass sich daran je etwas ändern würde, und nichts bereitete ihn auf die Ereignisse vor, die ab 13. Dezember sein altes Leben aus den Fugen brechen ließen.

Er lebte ähnlich unaufgeregt, wie Tausende um ihn herum auch. Sein Dasein war voller Erwartungen und Möglichkeiten, doch die waren alltäglicher Natur: Das bestandene Abi lag gerade mal ein Jahr zurück und das Studium war noch weit entfernt, in zeitlicher wie auch thematischer Ferne. Das heißt, er hatte alle Zeit der Welt. Zwei Jahre „stressfrei" wollte er sich noch genehmigen, um die Welt ein wenig besser kennenzulernen. Sein Lebenslauf war von drei fundamentalen Aktivitäten geprägt:

a) er musste jobben, um Geld zu verdienen;
b) er ging auf Reisen und lernte Sprachen, weil ihn das interessierte;
c) es gab Zwischenzeiten, in welchen er das auf Reisen Erlebte zu verarbeiten versuchte und Neues auch schon wieder vorbereitete;

In diesen Zwischenzeiten musste er natürlich auch wieder jobben, das ging leider nicht anders. Anfang Dezember hatte eine seiner Zwischenzeiten gerade begonnen.

Als der 13. Dezember, an dem alles begann, grau und kalt heraufzog, kroch Joachim etwas zerknittert aus dem Bett, denn er hatte in der Nacht nicht gut geschlafen. Eine Kirchturmuhr schlug soeben acht, es war eigentlich schon früher Vormittag. Während er durch die Fensterscheiben den Regen draußen betrachtete und die trübe Morgenstimmung wenig begeistert auf sich wirken ließ, führte der „**Weihnachts-Wahn**", wie Joachim die Ereignisse später nannte, seine erste Angriffswelle gegen die scheinbar sicheren Alltags-Bastionen seines Daseins. Gleich nach dem Zähneputzen überfiel ihn eine derart starke Ahnung von etwas Unheimlichem, Drohendem, dass er schaudernd ins Schlafzimmer zu seinen Kleidern eilte und sich schnell anzog, damit er bereit wäre, falls etwas passieren sollte. Zunächst aber passierte gar nichts.

Joachim ging in die Küche, verdrückte in aller Eile zwei Marmeladebrote und wartete auf den Kaffee, der noch durch den Filter lief. Draußen rissen jäh die Wolken auf und die Sonne brach für kurz durch das entstandene Wolkenloch. Als Joachim seinen Kaffee trank, beschloss er, einen Ausflug in die Umgebung zu unternehmen. Er musste unbedingt raus aus dem Haus. Vielleicht sollte er einfach mal wieder den Aach-Tobel aufsuchen und am Ufer entlang oder im Bachbett bachaufwärts wandern? Die Aach war eines der zahlreichen Flüsschen, die alle denselben Namen trugen und nicht weit voneinander entfernt zur Donau oder in den Bodensee flossen. Die Bruckfelder Aach war ihm von vielen früheren Waldgängen her vertraut.

Er zog warme Sachen an und nahm auch Regenzeug mit, da das Wetter launisch schien. Im Freien verlor sich dann jenes beklemmende Gefühl, das ihn in den vier Wänden überfallen hatte. Nach etwa einer halben Stunde Fußmarsch gelangte er hinter Ernatsreute an den Rand des Aachtobels. Ein Weg führte hinab, eng wie ein Wildwechsel. Joachim hatte Mühe, auf den überall verteilten glitschigen Blättern nicht zu rutschen. Mit dem Einstieg in das Tal wurde es auch dunkler. Zum zweiten Mal überfiel ihn ein Gefühl von Bedrohung und ließ ihn vorsichtiger werden.

Bald gelangte er an das Flüsschen, das rauschend und gurgelnd in seinem Bett dahinschoss. Er folgte dem Lauf flussaufwärts und kam durch aufgeweichte Wiesen, in denen Binsen und altes Mädesüß in schimmernden Lachen standen. Der Laut des fließenden Wassers verschluckte alle anderen Geräusche. Nach dem Überqueren einer roh gezimmerten Holzbrücke gelangte er an eine Furt. Als sein Blick über den Kies im Flussbett schweifte, sah er aus den Augenwinkeln eine dunkle Öffnung im Hang dahinter, knapp unterhalb der Sandsteinwand. Sofort richtete er den Blick dorthin, aber da war nichts. Nur laubbedeckte Hänge dehnten sich mit ihren kahlen Bäumen bis zum Tobelrand empor: Eschen, Ulmen, Ahorne und gelegentlich eine Rotbuche. „Nanu", dachte er und wischte sich über die Augen. Das Gefühl der Bedrohung nahm jetzt aber zu und er bekam es wieder mit der Angst zu tun. Er schalt sich innerlich einen Hasenfuß und schämte sich seiner Angst, doch die ging davon auch nicht weg.

Nach rechts hin öffnete sich jetzt die Waldkulisse und gab den Blick auf einen Grashang frei, der sich steil aufwärts bis zu den Sandsteinfelsen am oberen Ende hinzog. In diese Felswand kunstvoll eingepasst, war ein kupferbeschlagenes Runddach auf hölzernen Ständern errichtet worden, ein offenes Kapellchen, das „Maria im Stein" hieß. Joachim war früher oft hier hochgestiegen und auch in den Sandsteinhöhlen neben der Kapelle herumgeklettert.

Er verließ jetzt seinen Schlammweg und machte sich an den Aufstieg über einen schlammigen Trampelpfad. Ein schmales Bächlein hatte sein Bett neben dem Pfad in den sandigen Boden gegraben.

Der Hang jenseits des Bachbetts war von Kalktuff überzogen. Tief atmend erreichte Joachim das obere Ende des Pfades an der Kapelle. Ein Quellchen entsprang dort und ergoss sich aus einem Eisenrohr in einen runden Quelltopf. Dieser speiste das Bächlein neben dem Pfad.

Joachim hob den Blick empor zu der offenen Kapelle: Davor standen im Freien einige grob gezimmerte Holzbänkchen und in der Kapelle zogen sich zwei Bankreihen aus einem dunklen festen Holz bis zu den Felsen hinten an der Felswand. Dort hingen das Marienbild, etliche Votivgaben und Dankbriefe hinter Glas. Ein einzelner Mann saß vor dem Bild und schien tief in Gedanken versunken. Joachim schlenderte die paar Meter bis zur Kapelle hin und setzte sich auf eins der Bänkchen im Freien. Er war vielleicht 20 Schritte von dem Besucher und dem Bild entfernt. Instinktiv spürte er, dass sich in der Natur etwas Unheimliches zusammenbraute, aber er konnte das Gefühl nicht genauer bestimmen. Während sein Atem allmählich ruhiger wurde, stimmte er sich auf den Platz ein und versuchte, die Stimmung des Ortes zu erfassen.

Der Fremde musste Joachims Anwesenheit gespürt haben, denn er drehte sich kurz um und ließ seinen Blick scheinbar gleichgültig über den Ankömmling schweifen. Auch Joachim ignorierte den anderen äußerlich, doch während er die Augen über die Felswand mit ihren Votivtafeln und Blumensträußen gleiten ließ, tastete er innerlich den Fremden prüfend ab. Aber auch der Fremde schien empfindlich zu sein, denn er erhob sich und schritt zwischen den beiden Bankreihen in der Kapelle langsam auf die zwei Stufen zu, die auf den Vorplatz hinunter führten, wo Joachim saß. Als er gerade die oberste Stufe betrat, ertönte ein lauter Donnerschlag, der den Fremden zusammenfahren ließ, und auch Joachim erschrak. In kürzester Zeit wurde jetzt der graue Himmel gelbgrün und ein gleißender Blitzstrahl schlug in einen Baum am gegenüberliegenden Talhang ein. Der gleichzeitige Donnerschlag ließ die Erde erzittern. Schneeflocken fielen, zuerst einzeln, dann setzte dichtes Schneegestöber ein und nahm bald jede Sicht. Joachim eilte mit ein paar großen Sprüngen unter das Dach, während der Fremde wie erstarrt dort stehen geblieben war. Weitere Donnerschläge erschütterten das Tal. Ein merkwürdiges Beben und Schüttern ließ auf einmal den Boden schwanken. Bestürzt versuchten die beiden Männer, den Grund dafür zu erkennen. Aber die fehlende Sicht und die Fremdheit der Ereignisse ließen keine klare Einschätzung zu.

Das Ständerwerk der Kapelle, auf dem das Dach ruhte, ächzte und stöhnte. Hinten an der Felswand prasselten Steine mit lauten Schlägen auf das Kupferblech des Daches, kollerten darauf herunter und stürzten links und rechts der Kapelle zu Boden. Erschrocken fuhren die Männer herum. Ihr Blick suchte die Haltbarkeit des Daches und der Säulen einzuschätzen. Abermals schien sich in Joachims Augenwinkel eine dunkle Öffnung aufzutun, diesmal in der Felswand selbst; als er sie fixieren wollte, war sie wieder fort. Nervös folgten die Augen des Fremden Joachims Blick.

„Was war da?", fragte er.

„Ich dachte, ich hätte dort eine Höhle gesehen", antwortete Joachim.

„Und was war das vorhin für ein Zittern?", fragte wieder der Andere.

„Fühlte sich an wie ein Erdbeben", sagte Joachim.

„Vielleicht ein Erdrutsch?", schlug der Fremde vor.

„Möglich."

Aber die Erde bebte jetzt wirklich. Größere Felsstücke brachen hinter der Kapelle aus der Wand und schlugen dumpf auf Dach und Boden. Wieder ächzten die Balken. Da die Männer befürchteten, die Kapelle könne zusammenstürzen, eilten sie ins Freie. Hinter ihnen flackerten wild die Kerzen vor dem Bilde der Muttergottes. Und dann begann auch wieder die Erde unter ihren Füßen zu ächzen und zu stoßen.

„Schnell ins Tal", rief der Fremde Joachim zu und eilte in großen Sprüngen den steilen Wiesenhang hinab, ohne sich um Morast und Rutschgefahr zu kümmern. Joachim, der ein Abbrechen der Felswand befürchtete, folgte ihm. Unter Schlittern und Ausrutschern erreichten sie unverletzt die Talsohle und eilten weiter, die Aach flussaufwärts. Sie wollten möglichst schnell dem engeren Bereich der Schlucht entkommen. Der Fluss war angestiegen. Eine schmale Metallbrücke vor ihnen, die sonst die Aach meterhoch überspannte, stand nur noch eine Handbreite über dem Wasser.

„Die Aach steigt", keuchte Joachim im Laufen, „wir sollten an Höhe gewinnen!"

Sie eilten über die Brücke und rannten auf den Hang dahinter zu. Ein schmaler Schlammpfad zog sich dort hangaufwärts Richtung Ernatsreute. Die Männer hetzten darauf zu und verließen auf ihm die Talsohle. Auf halber Höhe machten sie Halt, um zu Atem zu kommen. Das Schneetreiben hatte aufgehört; die Sonne brach unerwartet durch Löcher in der Wolkendecke und legte einen merkwürdigen Goldschimmer über das Land. Das Beben hatte sich gelegt.

„Wo sind Sie zu Hause?", fragte der Fremde.

„In Bambergen. Und Sie?"

„Etwas weiter weg, in Überlingen unten. Übrigens, mein Name ist Sigmund Mahler. Sind wir uns nicht schon begegnet?"

„Kam mir auch so vor", antwortete Joachim; „ich heiße Joachim Balders."

Sie schüttelten einander die Hand und grinsten sich kurz an; die Anspannung der letzten Minuten war noch nicht ganz verflogen. Dann stiegen sie den Pfad vollends hinauf, bis sie den oberen Rand erreichten und aus dem Dunkel der Bäume und Hänge ins Helle traten. Kurz bevor sie den Wald verließen, war Joachim am Rande seines Sehfeldes rechter Hand eine Öffnung im Berg aufgefallen. Das war etwa in Höhe des Kätzlebergs, einer alten, zerfallenen Burganlage, die nur noch aus den Steinen alter Fundamente bestand.

„Ich will noch einmal ein Stück zurück und mir den Kätzleberg genauer ansehen", sagte er zu Sigmund.

Der blickte auf die Uhr, streckte Joachim noch einmal die Hand hin und sagte: „Leider muss ich heim. Ich wäre sonst gern mitgekommen. Seien Sie vorsichtig!"

Sie reichten sich zum Abschied nochmals die Hand, und Sigmund stieg quer über einen Ackerstreifen auf einen Feldweg zu, der in Richtung Ernatsreute führte.

Joachim wandte sich um und ging gemächlich ein paar Schritte den Pfad abwärts zurück. ‚Wir sind uns sicher nicht das letzte Mal begegnet', dachte er.

2. KAPITEL

13. DEZEMBER

Eine Schneise klaffte linkerhand auf und zerschnitt den Hügel in zwei Kuppen. Als Joachim seine Schritte in die Kerbe hinein lenkte, war ihm plötzlich, als schnappe eine unsichtbare Falle hinter ihm zu und er taumle einem unbekannten Schicksal entgegen. Ein Schatten löste sich zwischen den Bäumen und eilte in großen Sprüngen den Steilhang hinauf. Doch was war das? Ein schneeweißer Rehbock?! So etwas gab es doch nicht!

Die Geweihstangen leuchteten im Licht unirdisch golden, aber doch sehr real. Eine nie zuvor empfundene Erregung ergriff Besitz von ihm. War es Neugierde oder sein plötzlich geweckter Jagdtrieb? Er folgte dem flüchtigen Wild und wusste nicht einmal genau, warum. Hangauf ging es zuerst und weiter durch die Hügel, und da er den Wind gegen sich hatte, kam er dem Fabelwesen bald näher. Der Rehbock schien ihn zu erwarten, wandte sich dann aber erneut zur Flucht und jagte wieder ein Stück weit voraus. Dieses Spiel wiederholte sich mehrere Male, bis Joachim zu seinem Schrecken bemerkte, dass er sich in einer ihm völlig fremden Umgebung befand. Wie hatte das in einer Region passieren können, die er seit Jahren wie seine Hosentasche kannte? Er sah sich um, doch die Umgebung war und blieb fremd. Längst hätte er auf Taisersdorf, Herdwangen oder Hattenweiler stoßen müssen, zumindest auf eine der halbwegs vertrauten Straßen, doch da war nichts als Wald mit teilweise dichtem Unterholz, wie er es von früheren Streifzügen nicht in Erinnerung hatte.

Die Sache wurde immer unheimlicher und er beschloss, diese idiotische Verfolgung aufzugeben. Doch jedes Mal, wenn er dem Wild näher kam, trieb ihn etwas Stärkeres als alle Vernunftgründe weiter, und er kam nicht dagegen an; zuletzt folgte er dem Tier fast wider Willen.

Bei der nächsten Annäherung zwischen Wild und Jäger gab es jedoch eine Überraschung: Da stand am Steilhang vor ihm nicht der Bock, dem er bis hierher gefolgt war, sondern eine schneeweiße Rehgeiß. Er blickte sich vergeblich nach dem Bock um, bekam jedoch nur die Rückseite der Ricke zu Gesicht. Zögernd folgte er dem neuen Ziel und achtete dabei weder auf Wege noch Stege; davon gab es ohnehin nicht mehr viel. Außerdem hatte sich eine Wolkenwand vor die Sonne geschoben, ein neues Schneegestöber brach los und verbarg in weißen Schleiern Nähe und Ferne. Joachim hatte anfangs noch auf die Himmelsrichtung geachtet, seitdem aber die Sonne verdeckt war, lief er orientierungslos durch Dick und Dünn und konnte nur hin und wieder an der Drift der Wolken die Richtung erahnen. Insgesamt, so schätzte er später, hatte er sich ziemlich weit nach Norden bewegt.

Vor ihm stob jetzt die Rehgeiß in wilder Flucht davon und er lehnte sich tief atmend an den Stamm einer Kiefer. Irgendwie fiel ihm aus den Augenwinkeln eine fremde Form in der Ferne auf, und als er den Blick darauf richtete, sah er dort ein Blockhaus an einem Hang stehen. Die Geiß lief in dieselbe Richtung, als strebe auch sie zu der Hütte hin.

Jetzt fiel Joachim auf, dass die Dämmerung anbrach. Er blickte erschrocken auf die Uhr und traute seinen Augen kaum, als er sah, dass es schon viertel nach vier war, später Nachmittag. So schritt er eilig weiter, immer auf das ferne Haus zu. Dabei versuchte er, die Ricke nicht aus den Augen zu verlieren, aber am Ende war sie doch weg.

Zunächst kam er an eine breite Schlucht und musste feststellen, dass sich das Haus auf der anderen Seite derselben befand; auch war es weiter weg, als er geschätzt hatte. Rechterhand versperrten ihm Felsen die Sicht, von dorther pulsierte ein Schein wie von einem großen Feuer. Links stiegen Hügel bis zu kahlen hellen Felswänden empor, die zu besteigen er im Dämmerlicht weder Mut noch Kraft fühlte. Er merkte nämlich plötzlich, wie erschöpft er war und dass er Hunger und Durst hatte.

„Wo ein Feuer ist, sind auch Menschen", dachte er und wandte sich nach rechts.

Zwischen Felsblöcken öffnete sich eine Klamm, durch die ein Bach schäumte. Eine Art Weg führte parallel dazu in die Felswände hinein. Das Brausen des Baches wurde lauter, je näher er sich auf die Felsspitzen zu bewegte. Das Flackern in der Ferne war mit fortschreitender Dämmerung heller geworden. Der Wildbach neben dem Weg brauste in seinem steinernen Bett. Eine letzte Felsmasse versperrte ihm die Sicht auf das Feuer. Er ging weiter. Das Brausen des Wassers hatte sich zum Donnern gesteigert, und ein kühl-feuchter Luftzug wehte ihm Wasserstaub entgegen. Der Weg schlängelte sich um einen baumhohen Felsblock herum und gab dadurch den Blick auf das dahinter liegende Land frei.

Aus einer Schlucht linkerhand waberte ein berghohes Feuer ohne jeden Laut empor und tauchte das Gestein umher in zuckendes Rot. Von rechts stürzte ein Wasserfall donnernd über Felsterrassen herab und verschwand dann in freiem Sturz in einer weiteren Schlucht, wo sein Aufprall am Grund den Boden zum Zittern brachte und er als breit schäumender Fluss weiterzog. Das wilde Schauspiel von Feuer und Wasser war so ungewöhnlich, dass es Joachim den Atem verschlug. Lange Zeit stand er dort und bewunderte die erhabene Schönheit der Elemente. Irgendwo unterbewusst war ihm klar, dass etwas nicht stimmen konnte, denn solcherart Feuer gab es nicht in dieser Gegend der Welt. Doch dank der Überzeugungskraft seiner Sinne konnte er sich auch nicht dazu entschließen, die Wirklichkeit seines Erlebens zu leugnen.

Vor ihm zog sich der Felsgrat, auf dem sein Weg verlief, zwischen den beiden Schluchten entlang, führte zwischen Feuer und Wasser wie auf Messers Schneide hindurch und erreichte in sanftem Bogen jenen Hang, auf dem auch das Blockhaus stand. Joachim zauderte nicht länger, sondern schritt weiter. Der Grat schien breit genug, um begehbar zu sein. Und tatsächlich, als er sich den Flammenwänden näherte, kühlte der Wassernebel die Luft so stark ab, dass er damit Schutz vor dem Feuer bot. Dennoch war Joachim mulmig zumute und er verfluchte im Stillen wieder einmal seine Feigheit.

Wie lange er weitergewandert war, wusste er später nicht zu sagen. Die Sterne standen schon am Himmel und das zurückliegende Feuer warf noch immer durch den Widerschein von den umliegenden Felswänden etwas Licht auf seinen Weg. So erreichte er den jenseitigen Hang. Dort, wo das Haus stehen musste, blinkte ein Licht. ‚Also sind Leute darin‘, ging es ihm durch den Sinn. Das Reh und die Jagd auf dasselbe waren vergessen. Der Weg führte an weiteren Felsen vorbei, die ihm beim Blick zurück die Sicht sowohl auf das Feuer, wie auch auf den Wasserfall verstellten. Selbst das Rauschen des letzteren rückte fern, und die Stille wurde allmählich dichter, je näher er dem Hause kam. Hier lag der Schnee wieder höher. Bald überzogen neue Wolken den Himmel, löschten die Sterne und es fing an zu schneien.

Jetzt war das Haus ganz nah. Ein gelblicher Schein fiel durch die Fenster und wies Joachim den Weg. Direkt ums Haus zog sich ein Gewirr von Rehspuren durch das Weiß. Joachim trat vor die Tür und klopfte an.

„Musst dreimal klopfen", ertönte eine freundliche Frauenstimme.

Etwas verwundert gehorchte er. Da ging die Türe auf und er stand vor einer zierlichen Gestalt, deren Gesicht er nicht erkennen konnte, weil es im Schatten lag. Er sah langes blondes Haar, das bis über die Schultern herab reichte.

„Guten Abend, und entschuldigen Sie bitte die späte Störung. Ich habe mich wohl etwas verlaufen …"

Die Gestalt vor ihm kicherte und hob, wie um das Lachen zu unterdrücken, die Hand vor den Mund.

„Komm erst mal rein", sagte sie dann, „denn wenn die Tür offen steht, wird es so kalt. Erzähl mir alles Weitere drinnen." Damit wandte sie sich um, und er schloss erstaunt die Tür hinter sich und folgte ihr.

Der Flur hatte drei Türen und eine davon war offen. Joachim blickte in ein gemütliches Zimmer, ein Feuer prasselte im Kamin und verbreitete seine Wärme bis in den Flur heraus.

„Häng deine Jacke an einen der Haken im Flur", wies ihn die junge Frau an.

Er tat wie geheißen und trat in die Stube ein. Als er ihr Gesicht jetzt im Schein der aufgestellten Kerzen sah, verlor er einen Augenblick lang die Fassung: Noch nie war ihm eine so unglaublich schöne Frau begegnet! Sie schien seine Verwirrung gar nicht zu bemerken, sondern bot ihm freundlich einen Platz an und setzte sich ihm gegenüber. Dann blickte sie ihn aufmerksam an.

„Ja, irgendwie habe ich mich heute verlaufen", sagte er verlegen. Wieder schienen seine Worte ihre Heiterkeit zu erregen.

Sie lachte und schlug beide Hände vor den Mund. „Und weiter?", ermunterte sie ihn.

„Na ja, ich kam in Gegenden, die ich überhaupt nicht kenne und dann beachtete ich auch nicht die Zeit. Es fing an zu dämmern, und als ich das Haus hier von drüben aus sah, wollte ich eigentlich nur kurz vorbeischauen und fragen, wo ich bin und wie ich zurück komme. Aber das Haus stand viel weiter entfernt, als ich angenommen hatte, und als ich mich auf den Weg machte, wurde es später und später."

Das Mädchen kämpfte noch immer mit dem Lachen. „War das alles?", fragte es unschuldig und der Schalk blitzte ihm aus den Augen.

‚Weiß sie etwas von der Verfolgungsjagd?', fuhr es Joachim durch den Sinn und er errötete. „Ich bin Rehen gefolgt", bekannte er.

„So?"

„Ja, da war zuerst ein junger Rehbock, der hatte ein weißes Fell und ein goldenes Geweih; daher folgte ich ihm. So etwas hatte ich noch nie gesehen. Dann verlor ich ihn aber aus den Augen, und statt seiner lief mir irgendwann eine weiße Rehgeiß voraus. So folgte ich halt dieser, bis ich Ihr Haus von drüben sah."

„Ja so", sagte das Mädchen, „du hast also ein Böcklein verfolgt. Dabei hat sich der Herr Jäger verlaufen und kam auf fremden Grund. Hast du zu Beginn deiner Jagd die Grenzmarken nicht beachtet?"

„Nein, wie sollen die ausgesehen haben?", fragte er zurück.

„Hohe Steine, aber eben besondere; es nutzt nichts, sie zu beschreiben, wenn du sie schon bei Tageslicht nicht sahst ..."

„Wo sind wir denn hier?", fragte Joachim. „Ich kannte doch die Gegend sonst recht gut."

„Ja so? Kanntest du sie?"

Das Mädchen lachte hell auf und Joachim musste sich gestehen, noch nie etwas Lieblicheres gesehen zu haben. „Was ist daran so lustig für dich?", fragte er, ermutigt durch ihr Lachen.

„Oh, oh! Sind wir jetzt schon beim vertraulichen Du angekommen?", neckte sie ihn, und das brachte ihn sogleich wieder aus der Fassung.

Er wusste weder, was er selbst gefragt hatte, noch ob er überhaupt etwas hatte erfahren wollen; er sah nur noch die Schöne vor sich, die ihm mit jedem Wort und jedem Lachen lieblicher erschien. ‚Sie kommt mir irgendwie bekannt vor', dachte er bei sich; laut aber fragte er: „Sind wir uns schon einmal begegnet? Sie kommen mir so bekannt vor."

„Das mit dem Du war doch nur ein Scherz! Jetzt habe ich dich ja richtig eingeschüchtert!", lachte sie hell hinaus und, ob er wollte oder nicht, er musste mitlachen. Die junge Frau stand auf. „Wärme dich inzwischen auf, ich komme gleich zurück", sagte sie, ging zur Tür und verließ das Zimmer.

Von nebenan hörte Joachim das Klappern von Geschirr. Nicht lange, und sie kam mit einem großen Tablett zurück. Sie stellte Brot, Butter, Käse und Marmelade auf den Tisch, legte zwei Gedecke auf und ging wieder zur Küche.

„Kann ich etwas helfen?", erbot sich Joachim.

„Lass nur, du weißt ja eh nicht, wo die Sachen stehen oder liegen. Wenn du schon meine riesigen Wegmarken nicht gefunden hast", fügte sie neckend hinzu und entschwand mit einem Lachen.

Joachim lachte mit. ‚Ein Wunder ist geschehen', dachte er; ‚dass es so etwas Schönes gibt!'

Die junge Frau kam mit einer Kanne zurück, stellte sie zwischen die Gedecke und bat Joachim zu Tisch. Er stand auf und wollte gerade etwas Höfliches sagen, so in der Art wie: „Ach lass doch; mach dir meinetwegen keine Mühe", da knurrte sein Magen so laut, dass er all seine Worte Lügen gestraft hätte.

„Wohnst du ganz allein hier im Wald?", fragte er und wollte dabei von seinem Magenknurren ablenken, für das er sich schämte.

„Wohnen, ja. Aber allein bin ich nie", antwortete sie.

„Und was machst du so?", fragte er weiter und nahm am Tisch Platz.

„Ich lebe und lasse andere auch leben", lächelte sie. „Von Zeit zu Zeit jage auch ich die kleinen Rehlein, so wie du heute", fügte sie mit leichtem Spott hinzu. „Allerdings, Böckchen und Geißlein habe ich noch nie verwechselt".

„Hab ich ja auch nicht", verteidigte er sich, „nur das Böckchen war halt weg".

„Das wird neben dir im Busch gestanden und gelacht haben, und du hast es stattdessen in der Ferne gesucht".

„Na ja", räumte er ein, „so war es vielleicht wirklich".

„Die Rehe gehören alle mir", sagte das Mädchen und schenkte ihm aus der Kanne in seinen Becher ein. Dunkelroter Saft dampfte vor ihm in den Becher und erfüllte die Luft mit fremdartigem Duft.

„Wie heißt du?", fragte Joachim.

Sie überlegte einen Moment, dann blickte sie zu ihm auf und sagte: „Ich habe viele Namen. Hier heiße ich wohl Bertha."

Joachim wunderte sich über die Antwort. „Du hast mehrere Namen?", fragte er.

Sie nickte: „Und alle würden dir komisch vorkommen – so ein bisschen altmodisch und irgendwie hausbacken."

„Zum Beispiel?"

„Hulda".

„Du heißt Bertha Hulda mit zwei Vornamen?"

Das Mädchen nickte vergnügt und strahlte ihn an; es schämte sich seiner Namen überhaupt nicht.

„Und wie soll ich dich nennen?", fragte Joachim.

„Nenne mich Frühling, Holde, Fröhliche – oder …", sie überlegte kurz, dann lachte sie vergnügt auf und fügte hinzu: „oder nenn mich doch einfach Bertha".

Joachim wusste nicht, ob sie sich über ihn lustig machte oder ob ihr Scherzen nur ein Necken war. Er kam sich wie verzaubert vor, und das war er wohl auch. Aber um nichts in der Welt hätte er diesen Zauber missen wollen!

Dennoch fühlte er unterbewusst, dass etwas nicht mit rechten

Dingen zuging: das Feuer, an dem er vorbeigekommen war, der gigantische Wasserfall, das Haus in der Einsamkeit einer fremdartigen Landschaft, ja selbst das Mädchen mit seiner fast schmerzhaften Schönheit und ihre eigenartigen Antworten auf seine Fragen – er fürchtete zu erwachen und feststellen zu müssen, dass alles nur ein Traum gewesen sei!

„Du machst dir Gedanken, gelt?", fragte Bertha freundlich.

„Ich habe Mühe, Traum und Wirklichkeit auseinanderzuhalten", gestand Joachim.

„Und welchen Teil hältst du jetzt für einen Traum?", fragte Bertha interessiert.

„Im Augenblick weiß ich das selbst nicht", antwortete er. „Beides scheint so real zu sein: mein bisheriges Leben, aber auch die Ereignisse seit heute morgen. Dabei war heute nichts wie sonst."

„Armer Joachim", sagte Bertha und lächelte ihn an, und dass sie seinen Namen kannte, wunderte ihn nun auch nicht mehr. „Zuerst Erdbeben, dann ein unwirkliches Böcklein und schließlich Feuer und Wasser." Sie schüttelte ihre Locken und strich sich eine Strähne aus dem Gesicht. „Aber so ist das Leben nun einmal: bunt, lebendig und erfrischend unberechenbar!" Übermütig lachte sie ihn an, und er vergaß darüber zu essen, zu trinken und fast auch zu atmen. So kam es, dass er kaum etwas zu sich genommen hatte und sich doch irgendwie satt und behaglich fühlte. Wieder bat die Schöne ihn, sitzen zu bleiben, während sie den Tisch abdeckte.

Und da geschah das Unglück: Als er sich im Zimmer umschaute, fiel sein Blick auf einen Spiegel an jener Wand, die sich der Küchentür gegenüber befand. Ohne einen Gedanken oder tiefere Absicht blickte er gerade in den Spiegel, als sich die Küchentür öffnete. Er sah diese auch im Spiegel aufgehen, doch das Mädchen, das durch die Tür ins Zimmer trat, sah er nicht!

Er erschrak zu Tode, fuhr heftig herum, sprang auf und blickte Bertha entsetzt an. Sie aber lächelte unbefangen und sagte nur: „Armer Joachim! Heute passiert so vieles, das unvorbereitet auf dich einstürmt. Komm, schau nicht so entsetzt! Ich bin trotz allem ganz wirklich und sogar aus Fleisch und Blut, nicht etwa ein Waldgespenst – oder ein geisterhaftes Rehböcklein." Sie nahm ihn an der Hand und zog ihn zu einer Art Diwan, wo sie sich neben ihm niederließ.

Obgleich er es zu verbergen suchte, zitterte er doch an allen Gliedern. Sie streichelte tröstend seine Hand und strich ihm sogar über das Haar, und er war so glücklich und so unglücklich zugleich. Dann legte sie ihre Hand auf sein Herz, und wie er so angelehnt an weiche Kissen neben ihr saß und ihr in das liebe Gesicht blickte, fielen ihm die Augen zu, und er verlor das Bewusstsein. Halb im Traum spürte er noch ihre Hand auf seiner und hörte, wie sie sanft seinen Namen aussprach. Vielleicht träumte er das aber auch nur.

Viel später wachte er mit einem Ruck auf und fuhr empor: Vor ihm züngelten Flammen aus einem Haufen fast niedergebrannten Holzes. Von vorn war ihm zu heiß, von hinten fror er. Er wandte seinen Rücken den Flammen zu und sah sich dabei um. Er befand sich irgendwo in einem Buchenwald mit einigen alten Lärchen und Fichten darin. Aber – am Vorabend hatte er mit Sicherheit hier kein Feuer entzündet! Er war doch im Hause dieses wunderschönen Zauber-Mädchens eingeschlafen. „Bertha", dachte er, und ihr Name klang ihm unendlich süß. Und dann brach die Fülle der Erinnerungen wieder über ihn herein. Ein tiefer Schmerz durchfuhr ihn, denn nun war es genauso gekommen, wie er befürchtet hatte: Alles war nur ein Traum gewesen! Aber nein doch, das Erlebte stand in solch lebendigen Erinnerungsbildern vor ihm, dass er sich seiner Realität eigentlich sicher war: es musste geschehen sein.

„Vielleicht bin ich schizophren", dachte er, „ein geistiger Krüppel oder ein Idiot!" Der Schmerz über den Verlust des Erlebten war so heftig, dass er innerlich wie erstarrt sitzen blieb, obwohl er fror. Endlich erregte ein ferner Klang seine Aufmerksamkeit.

Da läuteten Glocken! Er zählte die Schläge: eins–vier–acht–zehn! Er blickte auf seine Uhr: Es war zehn Uhr. Gut. Doch das Datum, das konnte nun gar nicht stimmen: Es war der 13. Dezember.

3. KAPITEL

24./25. DEZEMBER

Sveya hatte schon lange nicht mehr Weihnachten gefeiert. Seit sie ihr Elternhaus vor Jahren verlassen hatte, wollte sie für sich allein kein Fest feiern, das zu gestalten ihr unmöglich war, schon gar nicht solch ein emotionsbeladenes Kitschfest wie das Weihnachten ihrer Kindheit und Jugend! Einige Weihnachten hatte sie bei Freundinnen in geselliger Runde verbracht oder war mit Freunden zu irgendwelchen Weihnachts-Partys gegangen, die nichts mit Weihnachten zu tun gehabt hatten, sondern mehr mit Tanzen, Trinken, Flirten und Verführen. Die Feste in ihrem Elternhaus waren, so fand sie jedenfalls, hohl gewesen: Zu viel Pathos, überquellend vor süßlichem Religionsquark. Aber Kritik war natürlich allemal leichter als Bessermachen, so viel war ihr als vernünftigem Menschen auch klar.

Und nun stand sie dieses Jahr erstmals in ihrem Wohnzimmer vor einer Tanne im eisernen Baumständer und überlegte, wie sie dieselbe schmücken sollte. Für eine Auswahl an schönen Dingen hatte sie seit Wochen schon gesorgt, und das war nicht gerade billig gewesen! Da standen nun Schachteln und Dosen voller gekaufter hölzerner Figuren, bunter Symbole, vergoldeter Nüsse und Zapfen, Behälter mit altem, „traditionellem" Baumschmuck, wie Schimmelreiter, Hirsch, Vögel, Brezeln, Zöpfe, vierspeichige Räder, Herzen, Sterne und vieles mehr; dazu Strohsterne in unterschiedlichen Größen und weiße, steifpapierene „Eissterne", die auch wirklich an Eiskristalle erinnerten. Außerdem hatte sie Goldfäden durch einige Äpfel gezogen und an die 30 rote Seidenpapier-Rosen mit dünnem Bindedraht versehen. Auch Kerzenhalter und Kerzen lagen bereit. Das Schmücken des Baumes konnte losgehen.

Als Erstes hielt sie einen goldenen Fünfstern gegen die Baumspitze und umschlang diese mit dem Haltedraht des Sterns. Dann schmückte sie den Stamm von oben bis unten mit hölzernen Symbolen, welche laut Gebrauchsanweisung irgendwelche Daseinsstufen der Erde darstellten, vom schlichten Viereck an der Basis des Stammes bis zum Stern an seiner Spitze.

Alpha und Omega begrenzten in der Baummitte an den äußersten Zweigspitzen links und rechts Anfang und Ende der Schöpfung. Die sieben klassischen Planetenzeichen, die gleichzeitig Entwicklungsstadien der Erde symbolisierten, wurden in Gestalt einer aufsteigenden Spirale aufgehängt und zwar so, dass deren Drehung um den Baum mit dem Saturn hinten unten begann, sich über Sonne und Mond im Uhrzeigersinn bis zu Mars und Merkur in mittlere Baumhöhe nach vorne schraubte und sich dann weiter über den Jupiter bis zur Venus nach hinten oben drehte, wo die Entwicklungsspirale über dem Saturn endete.

Auf diese Zeichen war Sveya besonders stolz. Sveya hatte sie in einem Laden für okkulte Bücher erstanden. Zwar blieb ihr deren tieferer Sinn trotz oberflächlicher Lektüre der Gebrauchsanweisung verschlossen, aber die Figuren fühlten sich gut an.

Den Symbolen folgten die Äpfel im unteren Baumbereich, dann die goldenen Zapfen und Nüsse und die Weihnachtsfigürchen „des 19. Jahrhunderts nach alter deutscher Tradition": Da waren die „Madeln" oder „Tocken", hölzerne Nachbildungen ehemaliger Teigfiguren in Gestalt dreier Frauen, die zusammen je eine einzige Figur bildeten. Die Erklärung dazu hieß: „Madeln oder Tocken: Symbol der alten dreieinigen Muttergottheit, die in der Mittleren Steinzeit …"

‚Schade, dass man darüber so gar nichts weiß', dachte Sveya flüchtig und gab den Tocken einen Ehrenplatz oben um den Stamm herum. ‚Euch will ich gut im Auge behalten', dachte sie. – Den Figuren folgten die Kerzenhalter mit Kerzen und zuletzt die Papierrosen an den Spitzen der besonders vorstehenden Zweige.

Das Schmücken des Baumes dauerte seine Zeit; zuletzt waren über drei Stunden vergangen; doch diese Stunden, so dachte Sveya, waren gut angelegt und wichtig gewesen. Der Baum sah einfach wunderschön aus! Verheißungsvoll blickten die merkwürdigen Figuren von Ästen und Zweigen herab. – ‚Auch eine Art, sich an die Geheimnisse der Weihnacht heranzutasten', dachte Sveya und schmunzelte. Die Tocken oben am Baum schienen ihr zuzulächeln. Sveya holte etwas Stroh vom Holzschopf, das sie tags zuvor beim Bauern gekauft hatte, und verteilte es unter dem Baum. Einen Wassereimer mit Putzlappen gegen eventuelle Brände stellte sie versteckt, aber griffbereit unter die Blumenbank. Draußen war es längst dunkel geworden. Sveya schaute auf die Uhr: Es war acht Uhr. Weihnachtsabend.

Das Schmücken hatte sie durstig gemacht. Sie füllte sich in der Küche ein Glas mit Wasser und trug es vor den Baum. „Ves heill!", prostete sie mit dem alten skandinavischen Toast dem Baume zu, „mögest du heil und gesund bleiben!"

In der Stube veränderte sich etwas, nicht jäh und auch nicht schnell, aber doch unaufhaltsam und zuletzt sogar wahrnehmbar. Sveya bemerkte es auf irgendeine unterbewusste Weise, konnte es aber zunächst nicht einordnen. Sie spürte eine Art Zustimmung vom Baume her, die sie beflügelte und ihr das Alleinsein am Weihnachtsabend erleichterte. Sie stellte noch eine schöne Kristallglasschale mit Wasser ins Stroh und einen großen Bergkristall daneben. Dann zündete sie die Kerzen an und setzte sich in einen der Sessel.

Auf dem Tisch stand in Reichweite eine Zierdose mit Weihnachtsplätzchen, die Sveyas Mutter ihr mit der Post geschickt hatte, und vor ihr lagen zwei Bücher, ein Lieder- und ein Brauchtumsbuch. Letzteres nahm sie in die Hand und schlug es auf. Eine Weile blätterte sie ziellos darin herum. Es enthielt neben Bildern, Beschreibungen und Geschichten auch Lieder und Gedichte. Da sie recht sicher vom Blatt singen konnte, stimmte sie eins der Liedchen an; es war ein Lied über Frau Holle.

Von den Tocken am Baum her strömte ihr ein spürbarer Hauch von Wohlwollen entgegen, den sie mit irgendwelchen unbekannten Sinnen wahrnahm, ohne ihn zu verstehen. Die Anwesenheit der Figuren am Baum wurde fast greifbar. Sveya fühlte sich herrlich angeregt und fand Weihnachten, den Baum, die Tocken, die Gedichte von Frau Holle und auch sonst alles in ihrem Leben richtig gut, stimmig und schön. Sie träumte dem Lied nach und blickte in die Kerzenflammen.

Dabei musste sie wohl eingenickt sein, denn irgendwann erwachte sie mit einem jähen Ruck. Sie hörte die Kirchenglocken draußen die Stunden schlagen. Im Zimmer brannten nur noch drei dicke Kerzen auf dem Tisch, die Lichter am Baum waren niedergebrannt. Was hatte sie da geweckt? Sie hätte schwören können, dass es ein Schnauben gewesen war, das vom Fenster her kam. Kurz darauf hörte sie tatsächlich ein leises Wiehern, dann tönten Läuten, Peitschenknallen und Gebell von irgendwo hoch oben vor dem Fenster.

Sveya war hellwach, alle ihre Sinne angespannt. In ihr rangen Erschrecken, eine leise Furcht, aber auch Erwartungsstimmung miteinander. Im Dämmerlicht der Stube verschwammen Wände, Decke und Boden auf eigenartige Weise, und der Raum begann sich zu weiten. Eine fremde Gegenwart drängte sich in ihr Bewusstsein. Als Sveyas Blick auf den Baum und die zentrale Figur der Tocken fiel, stockte ihr der Atem: Ein sanftes Leuchten entströmte den beiden äußeren Gestalten der Dreieinigen; die Figur in der Mitte jedoch fehlte!

Sveya kniff kurz die Augen zusammen und blinzelte. Als sie sie wieder öffnete, hatte sich nichts verändert. Die Mittlere war weg, und an der Stelle der Frauengestalt klaffte ein Loch. Sveyas Erregung wuchs, und sie war verwirrt. Was ging hier vor?

Im Hintergrund des Zimmers, das sich bis ins Unendliche geweitet hatte, strahlte jetzt ein fernes Licht auf. Das wuchs und kam näher. Sveya erkannte eine Frau, die ruhig auf sie zuschritt. Sofort stand sie auf und trat der Gestalt ehrerbietig entgegen.

Um die Frau herum quirlte reiches Leben: Tausende kleiner menschlicher Wesen schwirrten und wirbelten voraus, andere rutschten und krabbelten um die Röcke und Beine der Frau. Sveya sah, dass es sich um lauter kleine Kinder im Säuglingsalter handelte. Die zogen und schoben wie selbstverständlich einen hölzernen Pflug, den die Frau mit leichter Hand lenkte. Nun war auch ein Zirpen und Wispern wie von tausend Stimmchen zu vernehmen.

Die Fremde trat vor Sveya hin. Sie war hochgewachsen und von Ehrfurcht gebietendem Aussehen. ‚Wie eine Königin', schoss es Sveya durch den Sinn. In dem wunderschönen Antlitz vor ihr leuchteten blau die Augen. Und was für Augen! Das blonde Haar war geflochten und zu Kränzen aufgesteckt, sodass es wie eine Krone aussah. Die ganze Erscheinung strahlte Ruhe, Sicherheit und Güte aus.

Sveya beugte wie selbstverständlich das Knie vor ihr. Aber die Fremde zog sie empor und sagte freundlich: „Ich bin die Große Mutter, die Frau Holle eurer Märchen und Lieder. Diese Kleinen hier – kennst du sie?"

Sveya schüttelte den Kopf.

„Es sind die Seelchen all derer, die im kommenden Jahr geboren werden. Hast du nie von uns gehört oder gelesen?"

„Nein, hohe Frau", antwortete Sveya, „bei uns Heutigen werden Bildung und Kultur anders definiert; da lernt man nichts über Frau Holle oder die Seelen, da wird nur von Wirtschaft, Politik und dergleichen berichtet."

„Armes Menschenkind", sagte die Frau, „in solcher Armut aufzuwachsen, das muss hart sein. Aber da du bescheiden und gut bist, will ich dir eine Freude machen. Lass uns zuvor ein wenig plaudern und miteinander vertraut werden. Ich habe ja alle Zeit der Welt und du sicher auch. Weißt du, das, was ihr Menschen als Zeit bezeichnet, strömt aus meinen Händen, geradeso wie Quellwasser aus der Erde hervor fließt. Deshalb wurde ich früher auf Bildern auch mit Spindel, Spinnrad und Rocken dargestellt; das sind Symbole für den Faden der Zeit und des damit verknüpften Schicksals. Aber natürlich haben sie auch mit dem Gedankenfaden zu tun."

„Bitte, erzählt mir alles über Euch, hohe Frau", bat Sveya. Sie fühlte sich in Gegenwart der Fremden so glücklich und geborgen, wie nie zuvor in ihrem Leben, und je länger sie die feinen Züge der Fremden betrachtete, desto stärker stieg in ihr eine verschüttete alte Erinnerung auf – nicht deutlicher als ein fernes Ahnen, und doch …

„Ich kenne Euch irgendwie", sagte sie, „aber ich weiß nicht mehr, woher".

„Ja, aber du wirst dich bald noch genauer an mich erinnern, lass dir Zeit damit. Dass ich dir vertraut bin, ist weniger verwunderlich, als dir erscheinen mag: Schon bevor du dich zur Geburt anschicktest, bin ich stets an deiner Seite gewesen. Später allerdings auch noch, doch da geschah es nur noch im Verborgenen, weil es dich unfrei gemacht hätte mich wahrzunehmen. Deine Freiheit ist auch mein höchstes Gut; das wollte und durfte ich nicht gefährden. Weißt du, ich bin die Mutter Erde und damit auch deine und aller Menschen wirkliche Mutter. Sieh nur, auch deinen Leib – mir so unendlich vertraut – hast du von mir erhalten. Du bist seit Anbeginn mein geliebtes Kind." Tränen flossen ihr über die feinen Wangen, als sie das sagte, und sie erhob sich und breitete die Arme aus.

Sveya wurde von solcher Liebe zu ihr ergriffen und von solch süßem Schmerz durchströmt, dass sie sich der vertrauten Fremden in die offenen Arme warf. Eine kurze Zeit schluchzten die Frauen und hielten einander fest, als wollten sie sich nie wieder loslassen.

„Verzeih meine Rührung", murmelte Frau Holle und löste sich von Sveya, „aber ich habe dich so sehr vermisst; sah ich dich doch täglich wachsen und reifen und musste mich dennoch stets vor dir verborgen halten, weil du mich nicht mehr erkannt hättest."

„Ach, ich wollte Euch doch nicht wehtun", stammelte Sveya und ihre Tränen flossen reicher.

„Solches gehört nun einmal zur Kindschaft und zum Menschsein dazu, Tochter", erwiderte die Frau mit einem kleinen traurigen Lächeln und wischte sich die Tränen ab. „Trotzphasen und Vorpubertät, Pubertät und Mündigkeit – sie alle fordern ihren Preis von der Mutter. Ach, die Mutterschaft scheint vor allem ein Opfergang zu sein; doch darin liegt auch der Mütter besonderes Glück und wohl auch eine ihrer Aufgaben."

„Ihr seid die Mutter Erde, die ich täglich mit Füßen trete?", fragte Sveya und blickte Frau Holle erstaunt an.

Diese nickte: „Ich habe mich zu diesem Opfer frei entschieden. Unter Schmerzen stieg ich hinein in die Verdichtung und Verhärtung, um mit meinem Leibe, den ihr nicht umsonst Materie nennt, euch Kindern die Erdenreise und damit das Erfahren des Schicksals und eure menschliche Entwicklung zu ermöglichen. Du und deine Menschengeschwister, ihr seid jetzt alle im schwierigsten Alter, man könnte sagen, in der Menschheitspubertät. Als Jugendliche will man halt nichts mehr von der Mutter wissen; man fasst ja ganz neue Horizonte ins Auge. So seid ihr zurzeit auch außergewöhnlich laut und grob geworden. Und oft auch herzlos.

Wenn ich z. B. sehe, wie ihr eure jüngeren Geschwister in anderen Weltteilen behandelt, könnte ich schreien! Oder wenn ich höre, wie ihr sie «Naturvölker», «Dritte Welt» oder «Wilde» nennt oder sie mit anderen fühllosen Namen belegt, ach je, statt ihnen wie jüngeren Geschwistern beizustehen. Statt zu helfen, macht ihr ihnen auch noch dummes Zeug vor, damit sie umso früher in die unselige Verarmung und Vereinsamung taumeln, in der ihr schon länger gefangen seid! – Aber, was sage ich da! Das alles gilt doch nicht für dich, Liebes! Entschuldige! Ich kann halt nie ganz vergessen, was momentan so geschieht, und es bricht mir fast das Herz! Wie glücklich war doch jene besonnte Vergangenheit, als die Menschen mich noch die «Große Mutter» nannten und auch so lieb wie eine solche hatten!"

Sveya ergriff die Hand der Frau und hielt sie fest in der ihren. „Da sind Euch wohl der Umweltschutz und die Naturpflege auch kein rechter Trost, Mutter?", fragte sie vorsichtig.

„Da hast du recht, Liebes", antwortete Frau Holle. „Wo diese auf kühlen Kopfgedanken und herzloser Tatkraft aufgebaut sind, machen sie noch nicht viel her und stimmen mich eher traurig. Ohne die Herzenskräfte fehlt halt Entscheidendes, nicht wahr? Das ist wie eine Welt ohne Sonne. Und das betrifft ja auch die Wissenschaften: Dass sich Menschen für meinen Leib und dessen Geheimnisse interessieren, könnte mir ja noch schmeicheln; aber die Kälte, mit der es geschieht, lässt mich eher schaudern. Und das Nutz- und Profitdenken dahinter ist einfach nur schäbig! Ein Graus!" Sie schüttelte sich.

„Warum haben Euch die Menschen früher «Frau Holle» genannt?", fragte Sveya, um das traurige Thema zu wechseln.

Frau Holle lächelte, als sie die Absicht hinter der Frage erkannte. „Nun, das hängt mit der germanischen Mythologie zusammen: Dort gibt es eine sehr alte Sage, die von mir handelt, die «Huldr-Saga». Zu anderen Zeiten wurden mir eben andere Namen gegeben: «Jörd» nannten mich die Germanen der späteren Zeit; davor hieß ich «Njörd». Meine Götterkinder waren damals Freyr und Freya, später Thor und Ostara. Doch «Kinder» heißt in den Mythologien ja nur, dass es bestimmte Seiten meines eigenen Wesens sind; weißt du, so als ob du mich einmal als Mädchen, dann als reife Frau und zuletzt als altes graues Mütterchen betrachten würdest: Stets ergäbe sich für dich ein anderes Bild."

„Ja, ich verstehe", nickte Sveya.

„Später belegten die Menschenkinder mich mit unzähligen Namen; na, jetzt habe ich aber übertrieben! Also mit sehr vielen Namen, zum Beispiel Santa Lucia, Frau Holle, Frau Perchta. Ich nenne dir mal nur diese drei, denn sie könnten bald besondere Bedeutung für dich bekommen. Aber das, Liebes, kann ich auch ein andermal erzählen. Jetzt, wo wir uns endlich gefunden haben, gibt es sicher Dringlicheres."

Sveya konnte sich an den wunderbaren Zügen der Frau nicht sattsehen. Immer wieder schweifte ihr Blick über das liebe, schöne Gesicht, das ihr immer vertrauter wurde.

„Wie kommt es, dass ich Euch jetzt plötzlich sehen kann und dass Ihr mich in Menschengestalt aufsuchen könnt?", fragte sie.

Die Frau zog ihre Hand aus Sveyas und strich ihr eine Haarsträhne aus dem Gesicht. „Du bist eben eine Art Goldmarie", lächelte sie, „und Goldmarien sind nicht nur klug und schön, sondern auch weise. Sieh, du bist eine meiner wenigen «Großen», also der selbstständigeren Frauen im Lande; die andern sind im Vergleich dazu wie kleinere Geschwister, verstehst du? Du bist gewissermaßen aus den Windeln herausgewachsen."

Die beiden Frauen lachten.

Die ganze Zeit, während sie plauderten, waren die Heimchen spielend um den Pflug herumgetollt; jetzt kam eine Schar zu Frau Holle und viele kleine Händchen hielten sich an ihrem Rock und den Beinen fest.

„Jii, das kitzelt", lachte Frau Holle und zuckte, zog aber die Beine nicht weg.

Sveya entdeckte in der Schar zwei vertraute Gesichter. Beide waren Kinder, die sie gekannt hatte, die früh gestorben waren.

„Siehst du", sagte Frau Holle, „dir fällt so etwas auf; andere hätten es gar nicht bemerkt, mein Goldmädchen!"

Sveya errötete vor Freude über die liebevolle Anrede.

Frau Holle aber fuhr fort: „Da du nun gewissermaßen mündig geworden bist, trägst du so etwas wie eine Art freiwilliger Verantwortung für deine Menschen-Geschwister. Das wird dir noch ganz schön die Ruhe rauben, glaube mir. Du wirst erst wieder glücklich sein, wenn der letzte Mensch auf Erden glücklich hat werden können und heil aus der Pubertät und ihren Folgeerscheinungen herausgekrabbelt ist. Dein ganzes Glück wird darin bestehen, deinen Geschwistern zu helfen. Und damit kommen wir zum tieferen Grund meines Besuchs: Es geht heute nicht mehr an, so ganz allein, als einsames Genie der Menschheit helfen zu wollen. ‚Nur wenn sich viele zur rechten Zeit zusammentun, kann das große Werk gelingen', sagt sinngemäß der Alte mit der Lampe in Goethes Märchen von der Weißen Lilie und der Grünen Schlange. Wir müssen uns heute unbedingt zu mehreren zusammentun, du und ich, und wir und andere Goldmarien. Und auch einige der Götter der Vergangenheit, die dazu bereit und in der Lage sind; desgleichen unsere Helfer aus dem Kleinen Volk.

Es geht darum, mit Gleichgesinnten und Beherzten ein neues Zaubergeflecht aus gesundem Denken, Fühlen und Wollen zu schaffen, das den Angriffen der schlimmen Mächte besser standhält und die allerschlimmsten Auswüchse einer verirrten patriarchalen Phantastik bremst. Das die Starken unter den Menschen stützt und die Strauchelnden auffängt. Das die verschütteten Wege zum wirklichen Sein durch den Schein des Alltags hindurch wieder öffnet. Wir müssen den Alltag wieder mit der Anderswelt verbinden, mit der Welt des Wunderbaren!"

Frau Holle nahm Freyas Hand und strich ihr zart über den Handrücken. „Das ist jetzt sehr viel aufs Mal, stimmt's? Ich will es dir einfacher machen und die Geschichte abkürzen: Die Menschheitsentwicklung ist gefährdet. Würde sie scheitern, so wären Jahrtausende und Myriaden von Opfern umsonst gewesen und gleichsam vergeudet. Das Elend und Leiden der Menschheit würden sich ins Unermessliche steigern. Das darf nicht geschehen!

Ihr Menschenkinder seid für die großen Wahrheiten reif, vor welchen ihr aber von bestimmten unguten Kräften abgeschirmt werdet. Jedes Kind bringt solche Wahrheiten aus der Anderswelt mit und trägt sie mit der Geburt in den Alltag herein. Bevor es dieselben jedoch verstandesmäßig begreifen, formulieren und anwenden kann, wird es heutzutage so grässlich manipuliert und von seiner eigenen Weisheit abgeschnitten, dass es aus eigener Kraft oft ein Leben lang nicht mehr an seine vorgeburtlichen Absichten herankommt. Um den Machtmissbrauch dieser schlimmen Kräfte zu unterbinden, bedarf es vieler Aufrichtiger, Selbstloser und Beherzter, die davon wissen und etwas dagegen tun. Du, mein Goldkind, gehörst zu den Genannten."

„Was auch immer die Aufgaben seien und was sie mir abverlangen mögen – ich will mein Bestes geben", sagte Sveya.

„Das hatte ich auch von dir erhofft, Tochter, und ich freue mich über dich und deinen Mut! Ach, ich bin so glücklich über unsere erste Begegnung nach den langen Jahren des Getrennt-Seins! Und ich freue mich über all das Gute, Schöne und Wahre, das du der Welt noch geben magst!" Sie schloss Sveya, die ebenfalls aufgestanden war, fest in die Arme. „Ab jetzt werden wir nie mehr völlig getrennt sein. Du wirst mich nach und nach zu finden wissen, wann immer du nach mir suchst. Und auch ich darf dir jetzt ohne Gefahr erscheinen. In der Nacht vom 5. auf den 6. Januar besuche ich dich wieder, aber, erschrick dann bitte nicht, Liebes: Ich werde in ganz anderer Gestalt kommen".

„Ihr wechselt die Gestalt?", fragte Sveya verwundert.

„Ja", lächelte Frau Holle, „und das hat auch mit dir selbst zu tun. Denn aus der Fülle an Möglichkeiten erstehe ich immer in genau der Gestalt, die mein menschliches Gegenüber formt. Dein unbewusstes Seelenbild von mir erblickst du dann im Spiegel der Welt."

„Und wie seht Ihr in Wirklichkeit aus?", fragte Sveya.

„So wie ich bin, bin ich immer wirklich, Liebes! «Wirklich» bedeutet nun einmal Vielfalt, Bewegung und Leben. Daher ist dein Seelenbild von mir, in dem ich mir übrigens gut gefalle, ganz richtig und echt, also durchaus wirklich. Nun, es gibt darüber hinaus tatsächlich weitere Gestalt-Ursachen oder Form-Gründe: So steht mein Bild in der europäischen Tradition an drei verschiedenen Stellen der Dunkel- und Rauhnächte zwischen 12. und 13. Dezember und zwischen 5. und 6. Januar im Großen und Ganzen fest, wenngleich jedes Mal etwas verändert.

In der Mütternacht – so wurde der heutige Weihenachtstag früher genannt – erscheine ich in der dir schon vertrauten Gestalt als Mutter. In der Nacht vom 12. zum 13. Dezember besuche ich die Menschen als junge Lichter-Braut; in Schweden nennen sie mich dann «Santa Lucia». In der Perchtennacht zwischen 5. und 6. Januar aber zeige ich mich in Gestalt deiner Ur-Urgroßmutter; in den Alpenländern nennt man mich dann «Frau Perchta».

So, jetzt habe ich dir's also doch noch erzählt; eigentlich wollte ich das für später aufheben. Aber es ist so schön mit dir zu plaudern und ich genieße das richtig!" Abermals schloss sie Sveya in die Arme, diesmal zum Abschied. „Leb wohl, meine liebe Goldmarie, bis zur Perchtennacht, wo wir uns wieder sehen werden!"

„Ich habe Euch lieb, Mutter", stammelte Sveya und blickte Frau Holle nach, die zum Pflug getreten war, dessen Griffe umfasst und ihn sanft angeschoben hatte. Ein Schwindel erfasste Sveya, sie musste sich setzen und schloss für einen Moment die Augen.

Als sie sie wieder aufschlug, brannten alle Kerzen am Baume hell und still und waren kaum einen Zentimeter heruntergebrannt. Die Tocken lächelten ihr alle drei aus dem Grün der Zweige zu. Der Schimmelreiter machte eine ungeduldige Geste, und das Wiehern seines Rosses erklang zugleich von draußen vor dem Fenster, wie auch vom Baume her. Es war Weihnachtsabend.

4. KAPITEL

24./25. DEZEMBER

Es war spät geworden. Aufatmend lehnte Sigmund sich im Sessel zurück. Ein dickes, schwarz eingebundenes Buch lag vor ihm auf dem Beistelltisch, die Ausführungen des gelehrten Franziskanermönchs Frater Dominic über „Glauben, Ahnen, Wissen". Mit Genugtuung hatte Sigmund festgestellt, dass er den anspruchsvollen Gedankengängen des Mönchs mühelos folgen konnte. Er warf einen Blick auf die Uhr: kurz vor halb zwölf, genau richtig!

Schnell stand er auf und machte sich im Badezimmer fertig. Er wollte zur Mitternachtsmesse gehen. Er liebte Kirchenbesuche, vor allem an den Feiertagen. Allerdings fand er den jetzigen Pfarrer nicht ausreichend qualifiziert für seine verantwortungsvolle Aufgabe.

So, er war fertig und bereit und ging in den Vorflur hinaus. Vor der Garderobe nahm er Mantel und Schal vom Haken und zog sie an, dann Hut und Handschuhe von der Ablage; zuletzt schlüpfte er in die gefütterten schwarzen Halbstiefel. Er trat ins Freie und zog die Haustür hinter sich zu. Dann schritt er Richtung Münsterplatz. *„Es* *ist für uns eine Zeit angekommen"* – summte er im Gehen vor sich hin und passte den Rhythmus seiner Schritte dem Lied an. *„Die bringt uns eine große Freud".* Eine Windbö erhob sich jäh, sodass er schnell seinen Hut festhalten musste. *„Übers schneebeglänzte Feld – Wandern wir, wandern wir – Durch die weite weiße Welt".* Mächtig tönten jetzt die ersten Glockenschläge vom Münster her. Weiter entfernte Glocken einer anderen Kirche fielen mit ein. Es war wie ein Jubel. Je näher er dem Münster kam, desto lauter brauste der Glockenklang vom Turm; desto heftiger schnob aber auch der Wind.

Sigmund konnte seinen Hut jetzt nicht mehr loslassen. ‚Wie unpassend zu Weihnachten', dachte er in einem Anflug von Ärger, ‚zu wenig Schnee und zu viel Wind.' Aus der engen Pfarrgasse trat er auf den weiten Münsterplatz hinaus. Jetzt zerrte der Wind ihm auch an Schal und Mantel. Sigmund überquerte den Platz und trat aufatmend ins Münster ein, dessen Türflügel ihm die Vorausgehenden aufhielten.

Orgelklänge und das Summen von Stimmen, dazu Wärme und Weihrauchduft umgaben ihn anheimelnd und vertraut. ‚Hier bin ich Mensch, hier darf ich sein', diese Worte zogen ihm durch den Sinn.

Ein Kind in der Menge trat ihm auf seinen Stiefel. Er zuckte zusammen und hielt nach einem freien Stuhl Ausschau. Wieder trat ihm der Kleine auf den Fuß. Da entstand im Gedränge links von ihm ein freier Raum, auf den er sich sogleich zuschob. Doch das Kind und seine Eltern strebten in dieselbe Richtung. Daher kam es, dass der Junge ihm kurz darauf ein drittes Mal auf dem Fuß stand, bevor Sigmund noch die Stuhlreihe mit dem freien Platz erreicht hatte. Irgendwie erinnerte ihn das an das dreimalige Krähen des Hahns zur Zeitenwende, als Petrus den Herrn verleugnet hatte.

Ein dunkles Unbehagen überkam ihn und warf seinen Schatten voraus auf die Nacht. Doch dann begann der Gottesdienst und lenkte ihn von solcherart unpassenden Gedanken ab.

Als Sigmund nach der Messe unter brausenden Orgelklängen und vom Sprechen, Murmeln und Lachen der Menschen umgeben wieder ins Freie trat, musste er mehrfach nach Luft schnappen: Aus dem Wind war Sturm geworden, und die Böen rissen ihm die Atemluft vom Munde. Alles rundum Sichtbare war weiß: der Platz, der Lichterbaum neben dem Münster, die Dächer, ja selbst die Luft. Das Schneetreiben musste während der Messe begonnen haben. Die feinen, kalten Flocken fielen in schrägem Winkel in die Gassen ein und trieben in den Böen fast waagerecht dahin.

Viele Ahs und Ohs waren aus der Menge zu hören. Mit der Rechten seinen Hut festhaltend strebte Sigmund halb blind in Richtung seines Hauses, als er im Gedränge plötzlich eine kleine Hand in seiner behandschuhten Linken spürte. Er blickte erschrocken hinunter und sah die kleine Kindergestalt, die in der Menge mit ihm Schritt zu halten versuchte. Sein erster Impuls war, die Hand abzustreifen. Diese Art Ereignis kam ihm jetzt völlig ungelegen! Kinder verursachten Probleme, machten Arbeit und forderten Aufmerksamkeit ein, er aber wollte in Ruhe den Abend ausklingen und den Reichtum des Erlebten noch einmal an sich vorüberziehen lassen; und deshalb konnte er jetzt nicht die kleinste soziale Herausforderung gebrauchen! Aber diese kleine Hand lag da in seiner, und Sigmund wäre sich arg schäbig vorgekommen, wenn er sie losgelassen hätte.

„Heiliger Strohsack", murmelte er in Richtung der Kindermütze, „wie kommst du denn hierher?"

Natürlich gab das Kind ihm keine Antwort.

„Wer sind deine Eltern – wo sind Mama und Papa?", fragte Sigmund lauter, auch weil es ihm jetzt peinlich war zu schweigen.

Wieder keine Antwort.

Mit leisem Ärger bemerkte er, wie die erhebende Wirkung der Messe in ihm einer allmählichen Ernüchterung wich. Er ärgerte sich. Viel fehlte nicht, und er hätte geschimpft. Voller Selbstmitleid dachte er daran, wie dumm der Zufall mit ihm gespielt hatte: Wäre er nur zwei Schritte weiter links oder rechts in der Menge gegangen, wäre er ungeschoren davongekommen. Er seufzte. Immer dichter fiel der Schnee, doch der Wind schien sich etwas beruhigt zu haben.

An der Wohnungstür zog Sigmund die Handschuhe aus, fischte den Haustürschlüssel aus der Tasche und öffnete. Das Kind stolperte in den Flur hinein. Es hatte von der Kälte Schluckauf bekommen. Sigmund war ratlos. Was sollte er jetzt tun? Er musste überlegen. Er schob den kleinen Jungen ins Wohnzimmer und dort in einen der Sessel. Dann setzte er sich ihm gegenüber auf die andere Seite des Tisches.

„Klar", sagte er zum Kind, „da müssen wir den Notruf wählen; das ist ja nun ein echter Notfall."

Er stand auf, holte sich das Telefonbuch vom Flur und blätterte zerstreut darin herum; einmal ganz durch und dann wieder von vorn. Da, endlich: „110". Er ging in den Flur zurück, wählte die 110 und lauschte: Nichts. Stille. Nicht einmal das vertraute Tuten. Er spürte Panik in sich aufsteigen. ‚Was soll ich denn jetzt tun', fragte er sich, ohne darauf eine Antwort zu wissen.

Als er ins Wohnzimmer zurückkam, sah ihn der Junge mit großen Augen an. Den Blick konnte er nicht recht deuten. War das Angst oder Unsicherheit? Oder weiß der Kuckuck was?

„Wie heißt du?", fragte er, als er wieder saß.

Der Kleine antwortete nicht.

Sigmund knetete die Finger seiner linken Hand mit der Rechten. ‚Wenn der mir hier verhungert oder verdurstet, dann ist die Hölle los', schoss es ihm durch den Sinn.

„Hast du Hunger? Hast du Durst?", fragte er.

Der Junge schüttelte den Kopf

Sigmund atmete auf. ‚Wenigstens versteht er Deutsch', dachte er. Er sah das Kind genauer an. ‚Schwer zu schätzen, wie alt', überlegte er, ‚so zwischen drei und sieben Jahren.' Tatsächlich schien der Knabe seit ihrer Ankunft im Hause jünger zu werden. Sigmund musterte ihn unbehaglich.

„Bist du müde?", fragte er.

Wieder schüttelte das Kind den Kopf.

„Wäre nur Sabine hier", dachte er, „die würde sich über so was sogar noch freuen."

5. KAPITEL

24./25. DEZEMBER

Er stand auf und ging in den Flur. Abermals nahm er den Telefonhörer ab; die Leitung war so still wie zuvor.

‚Ich könnte ja zu Pfarrer Amsler hinübergehen und ihn fragen, was ich wegen des Jungen anfangen soll', dachte er und legte den Hörer wieder auf. ‚Vielleicht nimmt der das Kind zu sich, bis man die Polizei verständigen kann.'

Er kehrte ins Wohnzimmer zurück und sagte: „Ich muss noch einmal auf einen Sprung aus dem Haus. Zwei Straßen weiter wohnt Pfarrer Amsler. Zu dem gehe ich kurz hinüber und frage ihn, was wir mit dir machen sollen. In fünf, längstens zehn Minuten bin ich wieder da. Bleib schön hier sitzen, ja?"

Der Kleine nickte

Sigmund zog Mantel und Schuhe an, rief noch einmal quer durch den Flur: „Also, bis gleich!", trat an die Haustür und öffnete sie.

Es schneite noch immer kräftig. Zielstrebig eilte er die weiße Münsterstraße entlang, bis er zur Parkstraße gelangte. Er überquerte diese und schritt weiter. ‚Bachsteige', jawohl. Jetzt rechts hinein und dann das zehnte Haus. Er kam zum Ziel, stand kurz davor und klingelte.

Anfangs tat sich nichts, dann hörte er drinnen ein Poltern. Jemand kam zur Tür und öffnete.

Pfarrer Amsler war eine beeindruckende Erscheinung: groß, schlank und sehr aufrecht, mit weißem Haar und kühnen Gesichtszügen.

„Bitte entschuldigen Sie die Störung, Herr Amsler! Ich will Sie nur etwas fragen. Mein Name ist Sigmund Mahler; ich wohne in der Münsterstraße."

„Kommen Sie herein", sagte der Pfarrer und wollte sich umwenden.

„Nein", widersprach Sigmund schnell, „ich muss sofort zurück. Zu Hause sitzt ein fremdes Kind. Als ich die Mitternachtsmesse verließ, nahm es mich an der Hand und lief mit mir mit. Eltern waren keine dabei, außerdem schneite es so stark, dass wir zuerst einmal zu mir heimgingen. Als ich aber die Polizei anrufen wollte, merkte ich, dass die Leitung tot war. Jetzt weiß ich nicht, was ich mit dem Jungen anfangen soll."

„Aha", sagte der Pfarrer. „Kommen Sie trotzdem auf einen Augenblick herein. Ich habe bis eben mit meiner Schwester in Duisburg telefoniert; mein Apparat ist also intakt. Rufen Sie doch von dort die Polizei an."

Er winkte Sigmund herein und führte ihn zu einer Tür am Ende des Flurs. Ein karg ausgestattetes Büro lag dahinter, und Sigmund trat hinter dem Pfarrer ein. Der wies zum Arbeitstisch und nahm selbst Platz in einem Sessel an der Wand.

„Möchten Sie bei dem Anruf lieber allein sein? Dann gehe ich hinaus", sagte er.

„Lassen Sie nur, danke. Es macht mir nichts aus, wenn Sie dabei sind." Er wählte den Notruf.

„Hier Zentrale Notrufstelle. Was kann ich für Sie tun?", fragte eine Frauenstimme.

„Sigmund Mahler hier. Mir ist nach der Mitternachtsmesse im Münster draußen auf dem Heimweg Richtung Münsterstraße ein

Kind zugelaufen. Es hat in der Menschenmenge vermutlich die Eltern verloren. Da es kalt war und das Kind fror, hab ich's mit nach Hause genommen und ihm Essen und Trinken angeboten. Allerdings ist mein Telefon kaputt, sodass ich Sie nicht sofort anrufen konnte. Ich spreche hier vom Anschluss des Herrn Pfarrer Amsler in der Bachsteige 10."

„Gut", sagte die Frau, „ich schicke einen Streifenwagen bei Ihnen vorbei. Die beiden Kollegen fahren aber zuerst noch um den Münsterplatz, um zu sehen, ob die Eltern das Kind vielleicht dort suchen. Eine Vermisstenmeldung ist noch nicht bei uns eingegangen. Wie alt ist das Kind? Kennen Sie seinen Namen? Und wo genau wohnen Sie? Übrigens, leistet momentan jemand dem Kind Gesellschaft?"

„Also, ich heiße Sigmund Mahler und wohne in der Münsterstraße 6. Das Kind ist ein Junge, so zwischen 3 und 7 Jahren, genauer kann ich das nicht bestimmen. Wie er heißt, weiß ich nicht; er spricht nicht. Und nein, keiner ist im Augenblick bei ihm. Ich wollte wegen des kaputten Telefons nur schnell die paar Straßen weiter telefonieren gehen."

„Dann machen Sie sich am besten gleich auf den Rückweg", schlug die Frau vor, „denn die Streife kann in zehn Minuten vor Ihrer Wohnung stehen."

„Gut. Vielen Dank. Ich gehe sofort los", antwortete Sigmund und legte auf. Der Pfarrer sah ihn mit einem unergründlichen Blick an.

„Habe ich etwas falsch gemacht?", fragte Sigmund irritiert.

Der Pfarrer schüttelte den Kopf. „Das können nur Sie wissen. Haben Sie sich denn im Verdacht?"

„Äh, ich weiß nicht", stammelte Sigmund, „Sie haben mich eben so anklagend angeschaut."

„Ja so", brummte der Pfarrer.

Sigmund strich sich nervös über die Haare. „Was denken Sie jetzt von mir?", fragte er.

Der Pfarrer schüttelte den Kopf: „Ich habe mich einen Augenblick lang an ein anderes Kind erinnert. Das hatte gar keinen Bezug zu Ihnen und Ihrem Findling. Nach heutigem Alltagsverständnis haben Sie sicher richtig und verantwortungsbewusst gehandelt. In Märchen oder Legenden freilich müssten Sie sich jetzt die Frage gefallen lassen, ob Sie nicht nur schnellstmöglich das Kind loswerden wollten."

„Aber die Eltern des Kindes suchen es doch sicher und sind vielleicht verzweifelt ..."

„Wenn das der Leitfaden Ihres Handelns war, ist alles in Butter ..."

„Was wäre denn ein ‚falsches' Motiv gewesen?"

„Nun ja, wenn Sie keinerlei Scherereien für sich selbst gewollt hätten, keinen Stress, keine Sorgen, kurzum: Wenn Sie kein Mitleid mit dem Kind gehabt hätten; da wäre dann wohl das Motiv weniger schön gewesen. Aber hören Sie, mir ging da nur so eine Schrulle durch den Sinn; das hat rein gar nichts mit Ihnen und Ihrem Bemühen zu tun. Ich las vor Jahren eine Geschichte über einen kleinen Jungen, die mir wieder in die Erinnerung stieg, als Sie die Polizei anriefen."

„Dürfte ich diese Schrulle auch kennen lernen?", fragte Sigmund.

„Ei gern", antwortete der Pfarrer. „Da Sie in Eile sind, schlage ich vor, dass ich einfach mit Ihnen mitkomme, da kann ich mir auch gleich noch das Kind ansehen; auf das bin ich nämlich neugierig geworden. Und wenn es abgeholt worden ist, können wir einen Schwarztee mit Rum trinken, und ich erzähle Ihnen die Geschichte. Sie ist es allemal wert, und die Nacht ist viel zu schön, um sie zu verschlafen!"

Die beiden Männer lachten. Amsler nahm Mantel und Hut und zog sie auf dem Weg zur Haustür an.

Draußen herrschte die Stille der Winternacht. Die Schritte der Männer knirschten auf dem Schnee, das war das einzige Geräusch nah und fern. Die Flocken fielen jetzt gleichmäßig und nahezu senkrecht vom Himmel, wirbelten über den Straßen ein wenig durcheinander und legten sich dann als Festtagsgewand auf den Grund. Um die Laternen herum war das Gestöber etwas stärker, als drängten sich die Flocken zum Licht.

‚Der Mann hat mich durchschaut', dachte Sigmund und warf einen scheuen Blick zu dem Pfarrer hinüber. ‚Ich habe in Wirklichkeit nur mein eigenes Wohl im Auge gehabt; das Kind hat mich doch gar nicht interessiert, es hat mich eher gestört. Verdammt, was bin ich für ein egoistisches Schwein!'

Sie bogen von der Bachsteige in die Parkstraße ein und gingen diese entlang und weiter bis zur Münsterstraße. Auf einmal war Sigmund richtig unwohl in seiner Haut. ‚Wie soll ich denn dem Jungen unter die Augen treten?', dachte er.

„So, da sind wir", sagte er laut und schloss die Haustür auf. Drinnen brannte überall Licht. An der Garderobe legten die Männer ihre Mäntel ab.

„Hallo, hallo", rief Sigmund Richtung Wohnzimmer. „Erschrick nicht, Junge, wir kommen zurück!"

Aus dem Zimmer kam keine Antwort.

6. KAPITEL

25. DEZEMBER

Ist Ihr junger Freund immer so schwatzhaft?", scherzte der Pfarrer.

„Ja, ja", murmelte Sigmund. Er trat ins erleuchtete Wohnzimmer, aber da war keine Spur von dem Jungen. „Vielleicht ist er hoch gegangen in eines der Zimmer im 1. Stock?", sagte er, ohne recht daran zu glauben.

„Schauen wir nach", stimmte Amsler zu.

Sie wandten sich um, stiegen die Treppe hoch und gingen oben von Raum zu Raum, blickten in die Schränke, schauten unter Betten, riefen und suchten, bis die Haustürglocke klingelte.

„Das wird die Polizei sein", meinte Amsler, „machen Sie ruhig hier weiter, ich lasse die Leute herein. Ist Ihnen das recht?"

„Ja", antwortete Sigmund zerstreut.

Jetzt, wo das Kind unauffindbar war, fühlte er sich alles andere als erleichtert. ‚Wo kann der bloß hin sein?', dachte er gequält. Von unten hörte man Stimmen, dann kamen Schritte die Treppe hoch. Inzwischen hatte Sigmund auch das letzte Zimmer durchkämmt: Da war niemand. Er war ratlos.

Ein junger Polizist und seine ebenso junge Kollegin traten auf ihn zu und stellten sich vor: „Polizeiwachtmeister Thomas Endress, guten Abend! Dies hier ist meine Kollegin, Polizeiwachtmeisterin Sabine Hiller. Sie sind Herr Sigmund Mahler?"

„Ja, richtig. Guten Abend, auch Ihnen! Es tut mir so leid, dass ich Ihnen diese Extraarbeit beschert habe! Aber als Herr Amsler und ich ins Haus traten, war der Junge einfach verschwunden. Ich habe alle Zimmer durchstöbert und weiß nicht, wo ich noch suchen soll."

„Als Sie beide vor die Haustür kamen", sagte der Polizeiwachtmeister, „schneite es doch so mittelstark und mit relativ kleinen Flocken: Führten da irgendwelche Spuren, jüngere oder ältere, von der Haustür weg?"

„Darauf haben wir beide nicht geachtet", antwortete Sigmund.

Der Pfarrer nickte bestätigend.

„So, dann untersuchen wir das als erstes. Sabine, kannst du noch einmal die Zimmer durchkämmen? Vier oder sechs Augen sehen mehr als zwei." Er eilte sofort ins Erdgeschoss, während die anderen die Suche von neuem begannen. Knapp zwei Minuten später war Endress schon wieder oben. „Keine Spuren, weder alte, noch neue", meldete er. „Entweder das Kind ist hier im Haus oder ... Sie hatten so etwas wie ... eine Halluzination."

Es klang wie ein Scherz, aber er warf Sigmund dabei einen Blick zu, den dieser nicht recht deuten konnte.

„Aber weshalb hätte ich zu Herrn Pfarrer Amsler gehen sollen, wenn ich nicht dringend die Polizei verständigen wollte?", fragte er matt.

„Das wissen wir nicht – noch nicht", antwortete Endress ungerührt.

Die Polizeiwachtmeisterin wandte sich an Sigmund: „Können wir geschwind die Bögen ausfüllen?", fragte sie.

„Ja, natürlich", antwortete Sigmund. Er ging voraus, die Treppe hinunter und ins Wohnzimmer. Dort bot er der Polizistin einen Stuhl am Tisch an und nahm ihr gegenüber Platz. „Was für Bögen sind das?", fragte er.

„Das eine", antwortete Hiller, „betrifft Ihre Anzeige des zugelaufenen Jungen, das andere die Suche nach dem vermissten Kind. Das sind zwei verschiedene Vorgänge, auch wenn der Junge derselbe ist."

Während sie seine Personalien notierte, befragte Endress den Pfarrer über Sigmund und die Vorgänge in der Nacht, soweit Amsler daran beteiligt gewesen war oder sie mitbekommen hatte. „Halten Sie Herrn Mahler für vertrauenswürdig?", fragte er.

„Durchaus", erwiderte der Angesprochene, „ich hatte den Eindruck eines zwar innerlich unsicheren, aber durch und durch ehrlichen Menschen."

„Könnten ihn so etwas wie Wahnvorstellungen zu Ihnen geführt haben? Warum ist er denn überhaupt zu Ihnen vorgelaufen?"

„Sein Telefon funktionierte nicht, so sagte er."

„Hm, das lässt sich prüfen. Kommen Sie auch mit nach unten?"

Endress ging zur Tür und der Pfarrer folgte ihm. Sie traten ins Wohnzimmer ein.

„Darf ich kurz bei Ihnen telefonieren?", wandte Endress sich an Sigmund.

„Natürlich", antwortete dieser.

Endress ging zum Telefon und hob ab: kein Ton, die Leitung war tot.

Eine Stunde später verabschiedeten sich die beiden Polizisten und gingen hinaus.

Sigmund bemerkte jetzt, dass er seit über 20 Stunden nicht mehr geschlafen hatte. „Darf ich Ihnen etwas anbieten?", fragte er den Pfarrer.

„Nicht, wenn Sie müde sind. Wir können auch ein andermal zusammensitzen."

Sigmund hatte das Gefühl, wenn er den Pfarrer jetzt gehen ließe, wäre das ein ebenso großer Fehler, wie er ihn dem Kind gegenüber begangen hatte. Und etwas drängte ihn auch, die Geschichte jenes anderen Jungen zu erfahren, die Amsler erwähnt hatte; irgendeinen Bezug zu sich und ‚seinem‘ Findelkind musste es dabei geben, das ahnte er. So nahm er sich bewusst zusammen, behauptete, er sei für gewöhnlich ein ausgesprochener Nachtfalter und verzog sich

Richtung Küche um Tee zu machen. Der Pfarrer folgte ihm.

Als die beiden Männer mit ihren gefüllten Bechern und einer Flasche Rum im Wohnzimmer Platz genommen hatten, begann Amsler zu erzählen:

Die „heilige Familie" von Bardowitz

Es geschah im Jahre 1945 in einem kleinen Dorf, das heute zu Polen gehört. In der Abenddämmerung gelangte eine Flüchtlingsfamilie zu den ersten Häusern des Ortes: Vater, Mutter und ein kleiner Junge.

Der ganze Monat war verregnet gewesen, es war nass und kalt. Um eine Unterkunft zu finden, klopfte der Vater gleich an die erste Tür des Dorfes. Ein Mann öffnete und musterte die drei misstrauisch.

„Was wollt Ihr?"

Der Vater sagte: „Bitte helft uns! Wo können wir die Nacht über bleiben?"

„Ich kann Euch nicht helfen; wir dürfen keine Flüchtlinge beherbergen."

Die Frau ergriff das Wort: „Seid doch so gut und helft uns dennoch! Wir sind hungrig und müde. Und wir haben diesen kleinen Jungen. Er ist zu zart, um im Freien zu übernachten!"

Der Mann im Türrahmen rang mit sich. Er sagte nicht nein, aber er wagte auch nicht zu helfen; darum sagte er: „Weiter hinten, immer die Straße entlang, seht Ihr rechterhand ein großes Haus, da wohnt der Dorfschulze. Er ist ein wohlhabender Mann; der kann Euch sicher beherbergen."

Die Frau auf der Straße begann laut zu weinen: „Der wird uns gerade so gut helfen", stieß sie unter Schluchzen hervor, „wie alle die Reichen, die wir auf der Flucht angebettelt haben. Er wird allenfalls die Hunde auf uns hetzen!"

Dem Mann in der Tür war das peinlich: „Nun, ich habe noch zu tun. Lebt wohl! Ich wünsche Euch von Herzen Glück!" Als sein Blick über das Gesicht des Kindes glitt, spürte er in sich tiefe Scham.

In diesem Augenblick öffnete sich die Tür einer Kate gegenüber, und eine alte Frau trat auf die Schwelle. „Kommt schnell herüber", rief sie, „bei mir könnt Ihr die Nacht über bleiben!"

Die Flüchtlinge ließen sich nicht lange bitten. Ohne Gruß wandten sie sich von dem Manne ab und eilten zu der Alten hinüber.

„Na so was, die Berta", murmelte der Mann und zog sich ins Haus zurück.

Die Hütte der Alten war klein, aber es war warm darin. Die drei Wanderer legten ihre Mäntel und Schuhe ab und folgten der Frau in die Stube. Dort hieß sie die Gäste sich setzen und humpelte in die Küche.

„Kann ich Euch helfen?", fragte die junge Mutter und stand auf.

„Gern", erwiderte die Alte, „meine Hüften machen nicht mehr alles mit, und auch der Rücken war einmal jünger."

„Ach, das ist bis morgen schon vorbei", murmelte die Mutter und putzte sich die Nase.

„Was ist vorbei?", fragte die Alte.

„Das Weh und das Ach", sagte die Frau.

„Na, wenn Ihr das sagt …", schmunzelte die Alte, „seid Ihr Ärztin?"

„Nein."

„So seid Ihr denn hellsichtig?"

„Ein wenig", gestand die Frau und errötete.

‚Da schau einer an', dachte die Alte bei sich, ‚die kann ja noch rot werden.'

Ein karges Mahl war bald aufgetragen und noch schneller gegessen. Doch wurden sie alle davon satt. Die Nacht verbrachten sie über der

Stube am Boden auf heugefüllten Matratzen, deckten sich mit ebensolchen Oberbetten zu und legten alte Decken darüber. Die Gastgeberin lag nach der Wand hin, neben ihr die junge Mutter, dann das Kind und außen der Mann.

Der Junge war den ganzen Abend sehr still gewesen. Als die Alte sich in der Nacht aber mehrmals stöhnend umgedreht und wieder gewendet hatte, kroch er so leise neben sie, dass keiner es merkte. Am folgenden Morgen wachte die Alte früh auf, da spürte sie eine kleine Kinderhand auf ihrer Hüfte. Zuerst dachte sie an ihre Töchter und Enkel, die alle in den Westen geflohen waren, dann schlief sie aber wieder ein und träumte von ihren Enkelkindern und den fröhlichen Nächten mit dem gemütlichen Aufwachen und Kuscheln am Morgen.

Als sie zu sich kam, war es schon spät, das spürte sie. Sie stand auf und erinnerte sich alsbald an den Vorabend und die Flüchtlingsfamilie. Aber so gründlich sie sich auch umsah, die Treppe hinab stieg und auch unten in Stube und sogar Keller nachschaute: Von den dreien fehlte jede Spur.

‚Merkwürdig‘, dachte sie und merkte anfangs nicht einmal, dass ihr weder Rücken noch Beine wehtaten. Wie staunte sie aber, als sie ihren Brotkorb voll frischen, duftenden Brotes vorfand. „Nanu, wo haben die armen Leute denn all das Brot aufgetrieben?", fragte sie sich zweimal, zuerst leise, dann noch einmal laut. Doch sie fand weder auf die leise, noch auf die laute Frage eine Antwort.

Der eigentliche Segen dieses merkwürdigen Besuchs zeigte sich aber erst in den folgenden Tagen und Wochen. Zum einen darin, dass sie ganz schmerzfrei blieb und nach und nach auch ihre frühere Beweglichkeit wiedererlangte; zum anderen erlebte sie, mehr durch Zufall als durch eigenes Zutun, dass sie kranken Menschen, in deren Nähe sie kam, auf geheimnisvolle Weise helfen konnte. Es dauerte nicht lange, da hatte sich ihr Talent auch in den umliegenden Dörfern herumgesprochen und nach und nach klopften immer mehr Patienten an ihre Tür. Sie richtete in ihrer Hütte eine Art Heilpraxis ein, behandelte Arme und Reiche unentgeltlich und lebte von dem, was die

Menschen ihr aus freien Stücken gaben. Natürlich konnte sie die Ursache dieses Wunders nicht lang für sich behalten und erzählte die Geschichte von der Familie mit dem Kind jedem, der sie hören wollte. Das änderte nichts an den Fähigkeiten, die sie offenbar in jener Nacht durch ihre Gäste erhalten hatte.

Weniger gut erging es dem Nachbarn von gegenüber: Nicht, dass er neidisch gewesen wäre, das lag ihm fern. Aber er machte sich Vorwürfe, dass er die „heilige Familie", wie sie allgemein im Dorf genannt wurde, nicht selbst aufgenommen und bewirtet hatte, und das ließ ihm keine Ruhe. Zuletzt quälte es ihn dermaßen, dass er sich, als es wieder wärmer wurde, auf die Suche nach den Flüchtlingen machte.

Dorf für Dorf wanderte er umher und fragte nach ihnen. Wo er aber um ein Nachtlager bat, wurde er fast überall abgewiesen, oft mit harschen Worten, und hin und wieder jagte ihn ein besonders übler Mensch mit den Hunden vom Hof. Auch zu essen erhielt er nur wenig. Hunger und Entbehrungen machten ihn allmählich krank und er musste in sein Heimatdorf zurückkehren. Dort siechte er jahrelang vor sich hin und litt an vielerlei Schmerzen. Bei der alten Heilerin gegenüber bat er aber nie um Hilfe, sondern betrachtete seine Leiden als gerechte Strafe für seine Hartherzigkeit. An das Kind und dessen Blick beim Weggehen konnte er sich noch nach Jahren genau erinnern, und das machte ihn stets von neuem traurig.

Als der Pfarrer seine Geschichte erzählt hatte, blieb es lange still. Schließlich fragte Sigmund: „Wie sind Sie denn an diese Geschichte gekommen?"

„Ich habe sie geerbt", antwortete der andere.

„Geerbt?"

„Ja, von meiner Großmutter mütterlicherseits, der Heilerin. Wissen Sie: Einer ihrer Enkel, der mit Eltern und Geschwistern in den Westen emigriert war, bin ich selbst. Meine Großmutter wurde nach diesem Ereignis mit der Flüchtlingsfamilie eine in ihrer Heimat bekannte Heilerin. Da sie ebenso freigebig wie heilerisch begabt war, brachte sie es jedoch nie zu Reichtum. So war unter den wenigen persönlichen Dingen, die sie hinterließ, ihr Tagebuch noch das Wertvollste. Das erbte meine Mutter, mit deren Nachlass es dann an mich überging. Darin ist diese merkwürdige Geschichte festgehalten; zudem die Namen all derer, die Heilung bei ihr gesucht und offenkundig gefunden hatten. In den sieben Jahren, die auf den Besuch der Flüchtlinge bis zu ihrem Tode folgten, waren das an die 500 Menschen!"

Sigmund, dem eine vage Ahnung heraufdämmerte, fragte: „Sagen Sie ehrlich, Herr Amsler, wussten Sie, dass auch meine Großeltern in den nördlichen Ausläufern der Karpaten gelebt haben?"

„Nein", versicherte ihm jener, „doch nicht etwa in Bardowitz?"

„Doch, Herr Pfarrer, genau dort."

„Jetzt leiten Sie aber bitte keine voreiligen Schlüsse davon ab", sagte Amsler plötzlich scharf.

Sigmund war bleich geworden. Er flüsterte fast: „Sie kennen auch den Namen jenes Mannes, der gegenüber Ihrer Großmutter wohnte, nicht wahr?"

„Ja", antwortete Amsler, „er hieß Friedrich Mahler."

„Tja, und er war der Vater meines Vaters."

„Das hatte ich fast befürchtet, mehr geahnt als bewusst erwogen", sagte Amsler, „aber das heißt doch nichts …"

„Es heißt nur", fiel ihm Sigmund ins Wort, „dass in meiner Verwandtschaft anscheinend die großartige Neigung besteht, das Kind, das unsere Hilfe sucht, abzulehnen, es sitzen zu lassen und damit auf Jahrzehnte oder für immer zu verlieren! Sei es nun ein heiliges oder ein profanes Kind, was die Geste betreffend wohl keinen Unterschied macht."

„Ach, Herr Mahler, gehen Sie nicht so streng mit sich ins Gericht! Erstens ist aktive Menschenliebe prinzipiell nicht sehr verbreitet;

zweitens zeigt ja schon die Tatsache, dass Sie mich in Schnee und Eis aufgesucht haben, um das Kind den Eltern zurückzugeben, dass Sie nicht so ganz ohne Menschenliebe sind."

„Sie aufgesucht haben?", griff Sigmund die Worte des andern wütend auf. „Ich habe Sie aufgesucht, um den Balg schnellstmöglich loszuwerden! Ich wollte allein sein, die Mitternachtsmesse in mir nachklingen lassen, vielleicht noch ein Konzert hören! Nichts da von Menschenliebe! Das Kind passte mir nicht zur Weihnacht, es störte mir den Frieden der Nacht!"

„Ach so", sagte der Pfarrer verdutzt. „Ja, dann kann ich Ihnen auch nicht weiterhelfen. Es tut mir leid, wenn ich mich Ihnen aufgedrängt habe. Aber ich achte natürlich Ihre kompromisslose Ehrlichkeit. Gute Nacht!" Er stand auf und ging.

Sigmund rührte sich nicht. Schweigend ließ er den anderen gehen.

7. Kapitel

25. Dezember

Joachim hatte sich schon immer für einen ausgemachten Feigling gehalten. Diese Tatsache war nicht zu leugnen, und er hasste sich dafür. Dennoch – oder gerade deshalb – unternahm er oft Dinge, die andere eher nicht wagen würden. Das war wie eine Art selbstverordneter Therapie.

Der 25. Dezember war mit Sturm heraufgezogen. Der Wind orgelte um die Häuser, bog die Bäume und pfiff in den Fensterritzen. Gegen halb neun Uhr am Vormittag wurde es zögerlich hell – oder was

man im Dezember eben so nennt. Riesenhafte, zerfetzte Wolkenge-
bilde trieben dunkel von Osten her über den Himmel und jagten
wütend dem West-Horizont entgegen. Gelegentlich ballten sie sich
zu wuchtigen Massen oder wilden Formen zusammen, verwandel-
ten sich dabei aber unentwegt und verschmolzen in der Ferne zu
drohenden Klumpen. Anderes Gewölk dehnte sich wie ein hellerer
kristalliner Dunst oberhalb davon, während gigantisch helle Nebel-
fetzen mit zerfasernden Spukgestalten unter dem dunklen Gewölk
einer dritten Spur folgten.

Wurde das Haus von einer Böe getroffen, so erzitterte es. Joachim
fühlte sich unwohl. Es war, als spürte er jeden Windstoß irgendwo
im eigenen Magen, im Augenblick während das Haus zusammen-
zuckte, aber auch noch eine ganze Weile danach. Das war wie bei
einem Erdbeben vor Jahren, das er noch tagelang im Magen gespürt
hatte.

Durch das Brausen des Sturms hindurch brach plötzlich ein dump-
fer Donnerschlag und ein Splittern und Krachen in sein Bewusstsein.
Er fuhr entsetzt hoch und stürzte ans Fenster. Sein Blick fiel auf ein
klaffendes Loch in der Baumreihe, wo eine große Tanne gestanden
hatte. Diese lag jetzt zwischen Teich und Hecke zerschmettert am
Boden. Ihr Stamm war unten abgebrochen, ein zersplitterter Stumpf
stand rauchend da und Splitterspitzen reckten sich wie Dolche gegen den Himmel. Was machte ihm nur solche Angst? Sein Verstand
suchte nach Gründen und fand keine. Doch die Angst blieb und ihre
scheinbare Grundlosigkeit machte sie noch bedrohlicher.

Es war wieder einmal Weihnachten. Ein Fest mit todsicherem Lan-
geweile-Potenzial. Joachim dachte an seine Kinderzeit zurück: Nach
Jahren endlos öder Weihnachtsfeiern war ihm irgendwann ein Buch
über frühere Bräuche während der Rauhnächte in die Hände gefallen. Das hatte ihn tief beeindruckt. Oder genauer: Es hatte sein Weltbild und damit auch seine Einstellung zum Fest verändert. Die
Weihnachtsbräuche, über die er da las, hatte er so nie kennengelernt.
Sie führten ihm vor Augen, dass – egal wie er selbst darüber dachte
und ob er daran glaubte oder nicht – es so etwas wie eine zweite

Welt oder zweite Wirklichkeit hinter oder neben der vertrauten Alltagswelt geben könnte. Eine Art «Anderswelt», diesen Begriff kannte er von den keltischen Sagen und er gefiel ihm.

Was aber sollten diese Erinnerungen gerade heute, am ersten Weihnachtsfeiertag? Als seine Gedanken und Erinnerungen etwas zur Ruhe kamen, nahm seine Angst wieder zu und wuchs bald ins Unerträgliche. Sie ließ ihn vom Fenster, wo er noch immer stand und hinausgeschaut hatte, herumfahren und in die dunklen Ecken und Winkel des Zimmers hinüberstarren. Ein Teil des Raumes, so schien es ihm plötzlich, begann sich zu verändern. Die gewohnten Dinge, wie Tisch, Sessel, Bücher und aller Krempel, hatten ihre alltägliche Bedeutung verloren oder, was noch schlimmer war, hatten eine fremde Identität angenommen. Sie gaben vor, etwas zu sein, was sie nicht waren. Aus einem Buch auf der Kommode schlug ihm blanker Hass entgegen; ein schwarzes Tuch auf dem Klavier ballte sich drohend zusammen und giftete ihn dabei an. Die Spannung zwischen dem Vertrauten und dem Unbegreiflichen ging bis zur Zerreißgrenze.

Er atmete stoßweise und presste sich mit dem Rücken gegen das Fenster. Ein weiterer Blitz riss eine lodernde Spur ins Wintergrau hinter ihm. Der zeitgleiche Donnerschlag ließ wieder Erde und Haus erzittern. Und dann war das Tageslicht plötzlich ganz weg, war gelöscht, als hätte der Fenriswolf die Sonne verschlungen.

Joachims Schrei hallte noch im Hause nach, als die Wand gegenüber dem Fenster zurückwich und sich auflöste; ihr folgten die Begrenzungen links und rechts der Fensterwand, zuletzt hob sich die Decke. Der Raum weitete sich ins Unermessliche. Im schattigen Hintergrund verdichtete sich eine riesenhafte Gestalt.

Wie gelähmt vor Entsetzen stand Joachim am Fenster und starrte in das Spukgeschehen, das sich vor seinen Sinnen entwickelte. Trotz seiner panischen Angst registrierte er innerlich: ‚Da kommt ein Wesen, das ist der germanische Gott Odhin.'

Die Gestalt ragte riesenhaft über ihm empor. Flammend blaue Augen senkten ihren Blick in den seinen. Ein Sturm der Ehrfurcht, der

Verehrung, aber auch Liebe und Vertrautheit erschütterte ihn bis ins Mark.

„Dir will ich mich weihen, für dich will ich leben, dich will ich ehren ein Leben lang!", stammelte er.

Der blaue Flammenblick verströmte Liebe, Güte und wissendes Verstehen und war so unendlich beseligend, dass Joachim sein ganzes Leben und alle Ewigkeit für diesen einen Augenblicke hingegeben hätte. „Walvater", wollte er sagen ... Ein Empfinden von gigantischer Kraft und Majestät floss von der Gestalt in ihn ein. Allmählich zog sich dieses Wesen zusammen, verdichtete sich und erreichte schließlich Menschengröße.

Ein edles Antlitz, noch immer blitzende blaue Augen, kühne und unbeschreiblich schöne, königliche Züge; langes wallendes Haupthaar und ein wallender Bart; die hohe Stirn halb verdeckt von einem altertümlichen Schlapphut. Joachim sah, dass der Alte vor ihm keineswegs einäugig war, wie die Göttersagen der germanischen Edda schrieben.

Walvater blickte ihn freundlich und ganz menschlich an, und Joachims Ängste schmolzen unter seinem Blick dahin wie Schnee in der Sonne. „Ich bin wieder gekommen", sprach der Gott, „nach Jahrtausenden strenger Abstinenz. Doch lass uns nicht im Stehen darüber sprechen, sondern in Muße und mit gastlichem Behagen." Damit ließ er sich zwanglos in einen der Sessel nieder und gebot Joachim mit einladender Geste, sich ihm gegenüber zu setzen.

Da erst kehrte das Leben in jenen zurück. Er entschuldigte sich, eilte nach nebenan in die Küche, griff zwei Becher vom Wandbord, zwei Flaschen Dunkelbier aus dem Kühlschrank, die er auch gleich öffnete, sodann Brot, Butter, Salz und Käse, und schließlich Frühstücksbretter und Messer.

„Seid mein Gast", bat er den Alten, der ihn vergnügt betrachtete. Joachim entzündete die Weihnachtskerzen im Zimmer und setzte sich dann dem ungewöhnlichen Besucher gegenüber.

Odhin saß behaglich und durchaus menschlich im Sessel, nicht anders, als es ein gewöhnlicher Sterblicher auch getan hätte. Nur die Aura des Unbegreiflichen und Gewaltigen um ihn herum verriet weiterhin den Gast aus der Anderswelt. Er machte mit den Händen eine Gebärde über dem Tisch und blickte Joachim aufmerksam an. Als er dann aß, glich er völlig einem gewöhnlichen Menschen. Seine Gesten waren leicht, geschmeidig und doch kraftvoll. Seine Gegenwart schenkte Joachim Ruhe, tiefe Freude und den Trost, dass auch der Alltag noch voller Überraschungen und Geheimnisse stecke. Plötzlich sah er mit großer Klarheit, dass er sein ganzes Leben lang blind gewesen war: Wie hatte er dieses Dasein und die Wunder dieser Welt so falsch einschätzen, wie das geheime Wispern und Raunen der Wesen und Dinge so plump übersehen und überhören können! Ja, er hatte es einfach zugeschüttet mit lumpigen Alltagsgedanken, schalen Gefühlen und philiströsen Wünschen!

Odhin schmunzelte: „Ja. So etwas zu erkennen, tut weh, stimmt's?"

Joachim wunderte sich nicht darüber, dass sein Gegenüber Gedanken las.

„Du wirst auch wieder in deine gewohnte Betrachtungsweise zurückfallen, sobald das Erleben unserer Begegnung verblasst. Aber du hast viele gute Anlagen, mit deren Hilfe du aus eigener Kraft zu den Geheimnissen der Welt wirst vordringen können. Das geht zwar langsam, ist aber ein sehr sicherer Weg; ein passiv übernommenes Geschenk könntest du allemal verlieren, die selbst erworbenen Fähigkeiten dagegen nie, sie sind dein eigenster Besitz. Dank ihrer konnte ich dich ja überhaupt nur besuchen kommen."

„Wo wart Ihr denn bisher?", fragte Joachim, dem das Denken noch schwer fiel.

„In irdischen Dimensionen gesprochen war ich früher, in keltisch-germanischer Vorzeit, schon einmal bei dir und den deinen; na ja, ich sollte wohl sagen, bei deinen Vorfahren, doch das würde deiner Fähigkeiten spotten. Sagen wir so: Ich war bei dir und deinen Vorfahren. Als aber die Macht des Fenriswolfs und seiner Brut zunahm und mein Blutsbruder Loki sich den Scharen Surturs an den Hals warf, floh ich nach Osten. In Indien lebte ich als Fürst abermals unter Menschen. Seither bin ich überall zugleich und doch nirgendwo."

„Und was führt Euch zu mir?", fragte Joachim.

„Lass mich zuerst etwas ausholen, bevor ich deine Frage beantworte. Über den Zustand der Welt brauche ich dir wohl kaum etwas zu erzählen – du erlebst ihn ja täglich selbst, nicht wahr? Und du wirst mir zustimmen: Zum Besten ist er nicht. Die Kräfte des Bösen sind mächtiger geworden. Warum es keiner sieht? Warum keiner dagegen angeht? Rufe dir nur einmal das Märchen von Frau Holle in Erinnerung: Diesen Pechregen aus Vergessen und Verdrängen, den bekommt heutzutage bald jeder, der sich zur Geburt anschickt, von Frau Holle über den flaumigen Babykopf geschüttet. So entlässt die Hohe Frau ihre Kinder in die Alltagswelt. Du kennst doch das Märchen?"

„Ist das die Geschichte von Goldmarie und Pechmarie?"

„Genau diese. Stell dir nun die Folgen vor: Die meisten Gäste von Frau Holle haben schon auf Erden nichts Gescheites gelernt; wie sollen sie also dann in jener Anderswelt die Fähigkeiten und Fertigkeiten einsetzen und anwenden, die sie gar nicht haben, weil sie die im heutigen Leben nicht mehr erwerben konnten? Fertigkeiten, derer sie in der Anderswelt aber bedürften? Das geht so nicht; also versagen sie auch „drüben". Fazit: Sie erhalten unterm Torbogen wieder nur einen Kübel Pech zur Erdentaufe und die nächste Pechvogel-Runde kann losgehen. Eine ziemlich traurige Sache ist das."

Odhin zog ein weißes Tuch aus der Kitteltasche und schnäuzte sich.

„Doch es gibt zum Glück auch noch ein paar Goldmarien", fuhr er fort. „Du selbst bist so eine, beziehungsweise das männliche Gegenstück dazu. Mal ganz nebenbei: Hast du noch so ein Dunkelbier?"

Joachim stand auf, nahm die leeren Flaschen und brachte sie in die Küche. Mit zwei vollen kam er zurück, stellte sie auf den Tisch und setzte sich wieder.

„Danke", sagte Odhin und schenkte sich selbst ein. Nach einem kräftigen Schluck fuhr er fort: „Ich suche alle Goldmarien dieser Welt auf und spreche mit ihnen. Ich will eine neue ... nennen wir es ruhig ‚Kampftruppe', das Wort versteht heute jeder, gegen das Böse zusammenstellen."

Er machte eine Pause, als ob er die Wirkung seiner Worte auf Joachim abwägen wolle.

„Tut mir leid, wenn ich deine pazifistische Lebenseinstellung damit irritiere; es geht nun mal nicht ohne Kampf und Krieg. Wie sagte schon jener römische Schlaukopf: «Krieg ist der Vater aller Dinge». Ich bin nun wahrlich kein Römerfreund; aber mit diesem Ausspruch hat es schon seine Richtigkeit. Immer vorausgesetzt, dass seit – na ja, sagen wir seit Mitte des 15. Jahrhunderts – Kampf und Krieg keine äußeren Ereignisse mehr sind, sondern ausschließlich innere. Dann stimmt dieser Ausspruch des Römerbengels nämlich heute noch. Wer äußeren Kampf und Krieg vertritt, sät pures Gift in die Welt; innerlich aber ist Kampf eine durchaus wertvolle Medizin.

Doch zurück zu meiner Mission: Ich stelle also eine „Elitetruppe" aus weiblichen und männlichen Goldkindern zusammen. Unser Feind ist das Böse im Menschen und in der Welt. Den Pechmarien unserer Zeit dürfen wir die Erd- und Menschheitsentwicklung nicht länger allein überlassen; sie müssen zuerst einmal den Schlamassel im eigenen Schicksal ordnen, und das braucht seine Zeit. Unterdessen darf uns aber nicht die ganze Welt um die Ohren fliegen, das hat keiner verdient, weder die Pech-, noch die Goldmarien."

Odhin schwieg einen Augenblick und Joachim nutzte die Pause, um zwei eigene Fragen zu stellen.

„Walvater – welche Rolle spielt dabei der Christengott? Und in welchem Verhältnis steht Ihr selbst zu Christus?"

„Gute Frage", nickte Odhin, „sie trifft den Kern vieler Probleme. Allerdings ist sie nicht mit zwei Sätzen zu beantworten. Vielleicht heute nur so viel dazu: Was ihr Menschen «Christus» nennt und mit allen möglichen ausgedachten Attributen behängt, verhält sich zur Wirklichkeit etwa so wie eine leere Raupenhülle zum ausgewachsenen Falter! Christ ist gewaltig und stark! Er ist selbst für mich wie ein Vater, aber auch wie ein Bruder, Sohn oder Freund. Früher war ich oft zu Gast bei Ihm auf Burg Sonnhalde, Er übrigens auch bei mir in Walhalla. Mein Lieblingssohn Baldr und Er sind Blutsbrüder, und Christ ging auf Burg „Breidablik" aus und ein. Wir kämpften früher und kämpfen auch noch heute gegen denselben Feind."

Odhin sah Joachims Verwunderung und lachte. „Ja gelt, den Christus-Milchbart, den ihr Menschen erschaffen habt, den kann man sich in Kampf und Krieg gar nicht recht vorstellen; der ist bei euch so eine Art Obersofti: «Schlägt dir einer auf die linke Backe …» und derartigen Quatsch. Aber das sag ich dir: Wer eine auf die linke Backe kriegt und dann wirklich auch noch die rechte hinstreckt, der gehört in psychiatrische Behandlung! Entschuldige, ich fange schon wieder an, mich über diese Pseudoweisheiten zu ärgern! Als ob der Christ durch Blödheit die Probleme der Welt lösen wollte!

Er ist, nebenbei bemerkt, der beste Kämpfer in allen Himmelreichen, das sage ich dir! Er kämpft halt zurzeit „innen" und nicht „außen"; was aber keinesfalls heißt, dass Er untätig sei. Und so stimmt es in gewisser Weise tatsächlich, dass Er ohne zu zucken jemandem auch die rechte Backe hinstrecken könnte, denn ein gedachter Gegner würde einen Schlag auf Seine linke Wange bis ans Lebensende bereuen, wenn er's denn überlebte! Christ ist nur deshalb auch ein äußerer Friedensfürst und -bringer, weil Er innerlich der mächtigste Kämpfer und beste Krieger ist. Er ist der Ildana, der Meister jedweder Kunst, wie die Gälen es nannten. Mit Ihm verglichen bin ich wie ein Zaunkönig neben einem Kaiseradler! Doch Vergleiche hinken ja bekanntlich."

Odhin lachte und fügte hinzu: „Und weil ihr Menschen unbedingt jemand „Konkreten" verehren müsst, habt ihr so einen Milchbart erschaffen und meint nun, das sei der echte Christ."

„Und wer ist konkret unser Gegner, wer ist dieser oder dieses Böse? Der Teufel?", fragte Joachim.

Odhin blickte ins Grau des späten Vormittags hinaus, als suche er etwas. „Das erzähle ich dir und vielleicht ein paar anderen bei den nächsten Besuchen, sofern du einwilligst mitzumachen. Überlege dir fürs Erste nur, ob du unter meiner Führung mitkämpfen willst für die Freiheit und das Wohl der Menschheit. Wenn ja, so sollt ihr alles Notwendige zur rechten Zeit von mir erfahren, und auch, gegen wen ihr Krieg führt und warum. Kannst du dich damit für heute begnügen?"

„Das werde ich wohl müssen", lachte Joachim, „aber wann sehe ich Euch wieder?"

Odhin erhob sich mit einer anmutigen Bewegung, die sein Alter Lügen strafte. „Ich höre Sleipnir schnauben", sagte er. „Hab Dank für deine Gastfreundschaft! In der Nacht von 28. auf 29. Dezember und vom 1. auf 2. Januar wirst du mich wiedersehen – oder auch nicht. Das steht nun bei dir."

Ein Blitzschlag erhellte das Zimmer. „Mein cholerischer Sohn Thor ruft, ich muss los", murmelte Odhin und trat auf Joachim zu.

Dieser, wieder aus der Fassung gebracht, stammelte: „Dank sei Euch, Walvater, für die Ehre Eures Besuchs! Euch will ich immerdar ehren; lasst mich Gefolgschaft leisten!"

Odhin ergriff Joachims rechte Hand und schloss seine Linke um Joachims Unterarm. Dabei blickte er ihn aufmerksam an, nickte und sprach: „Du gleichst Dag Hellauge, einem meiner norwegischen Freunde von einst. Es könnte eintreten, was du ersehnst. Lebe wohl!"

Odhin schritt in den fernen Zimmerhintergrund und verschmolz dort alsbald mit den Schatten. Blitz und Donner, die folgten, waren wie ein Abschiedsgruß.

Joachims Verwirrung kehrte zurück. Wie unter Schock erlebte er, dass Wände und Decke des Zimmers wieder auf normale Maße schrumpften und sich zusammenfügten. Er zitterte wie Espenlaub. Dann entließ ihn der Spuk aus seinem Bann, und Joachim blickte sich verwirrt um, als habe er geträumt. Doch seine Zweifel am

Erlebten verflogen, als er die Reste der Mahlzeit auf dem Tisch stehen sah. Der Göttervater war sein Gast gewesen. Später erinnerte er sich an diesen Morgen nur noch wie an einen eigenartigen Traum. Doch fortan blieb ihm etwas von der Weihe des Besuchs erhalten, das sich wie ein Tor in eine andere Welt erstreckte; und dessen Torflügel waren seither nur leicht angelehnt, nicht mehr hermetisch verschlossen.

8. KAPITEL

28./29. DEZEMBER

Seit den Ereignissen an Heiligabend lebte Sigmund wie abgeschirmt von der Welt. Er ließ Tag für Tag gleichgültig auf sich zukommen und wieder verstreichen, nahm aber innerlich keinen Anteil an den Dingen. Es war ihm, als habe er die Chance, Weihnachten feiern zu können, ein für alle Mal verspielt. Als sei er am 24. Dezember an eine Wegscheide gelangt, habe diese wieder einmal nicht bemerkt und sei dabei auf Abwege geraten.

Am Abend des 28. Dezember raffte er sich endlich auf und zog Mantel, Hut und Straßenschuhe an. Er wusste nicht, wohin er gehen sollte, aber er verließ immerhin seine Wohnung und trat auf die Straße hinaus. Für die meisten seiner Zeitgenossen war die Weihnacht bereits vorbei. Er wusste, dass sie erst am 6. Januar enden würde, an Epiphanias oder Dreikönig.

„Es hat keinen Wert, damit zu hadern, dass ich nicht so bin, wie ich gern wäre", sagte er zu sich selbst. „Ich muss allmählich akzeptieren, dass ich ein Schwein bin, ein dreckiger Abschaum!"

Wütend stapfte er die Münsterstraße entlang und bog in die Lindengasse ein. An ihrem Ende befand sich eine Wirtschaft. Zwei Laternen erhellten das Stück Straße davor. Als er in ihr Licht gelangte, drängte gerade eine Gruppe Jugendlicher aus dem Gasthof. Einige zündeten sich Zigaretten an, und es wurde geplaudert und gelacht. Sigmund schritt einem spontanen Entschluss folgend zur Eingangstür und trat ein.

Alle Tische waren belegt, doch nicht alle voll besetzt. Er steuerte einen Tisch in der Ecke an, wo ein alter Mann in schäbigem blauem Mantel saß und in sein Bierglas starrte. Auffällig an ihm waren seine schwarze Augenbinde über dem rechten Auge, sein schneeweißer Bart und ein breitkrempiger Hut, der nachlässig über die Lehne des Nachbarstuhls gehängt war und einem Zimmermann oder mittelalterlichen Sänger zur Ehre gereicht hätte. Als Sigmund an seinen Tisch trat und fragte, ob noch ein Platz frei sei, blickte der Alte kaum auf.

„Geh vor Anker", brummte er, „aber setz dich nicht auf meinen Hut."

„Das werde ich vermeiden", sagte Sigmund höflich, wobei er plötzlich eine unbändige Lust verspürte, den Alten zu provozieren. Darum fügte er hinzu: „Wenn ich aber nun gerade dort sitzen wollte, wo Ihr schöner Hut liegt?"

Jetzt blickte der Alte hoch und grinste. „Ho", sagte er, „willst dich wohl über mich lustig machen?"

Sigmund erschrak. „War nicht bös gemeint", wich er aus.

„Konfliktscheu biste auch noch", sagte der Alte und schüttelte den Kopf. „In meiner Jugend wäre man einem Konflikt nicht so schnell aus dem Weg gegangen."

„Ach Gott, ja", stimmte Sigmund ihm zu, „in Ihrer Jugend waren alle Menschen besser, das Bier billiger und die Welt einfacher, stimmt's?"

Der Alte blickte ihn spöttisch an und Sigmund hatte das Gefühl, ihn irgendwoher zu kennen. „Sind wir uns schon einmal begegnet?", fragte er unsicher.

„Ja", antwortete jener, schwieg dann aber.

Die Bedienung kam, und Sigmund bestellte für sich ein Glas Bier. Der Alte verlangte auch noch eins.

„Wo und wann sollte das gewesen sein?", griff Sigmund die Frage wieder auf.

„Das war 1056 auf einem Langboot im Skagerrak", grinste der Alte.

Sigmund war ob der Antwort seines Gegenübers so verdutzt, dass es ihm eine Weile die Sprache verschlug. Diese Art Witz hätte er dem Alten gar nicht zugetraut.

„Hör mal", fuhr dieser nun leiser fort, „wenn von uns beiden einer hochgradig verkalkt ist, dann allenfalls du: Du versuchst ständig, jemand zu sein, der du nie warst, nicht bist und auch nie sein wirst, und du lässt den, der du sein könntest, unentwickelt, ungepflegt und unbeachtet, als müsstest du dich seiner schämen. So aber wird nie etwas Rechtes aus dir werden!"

Sigmund war empört. Er wusste nicht, ob er wachte oder träumte. Wieder einmal nahmen ihn die Ereignisse ungefragt an der Hand und jagten mit ihm einem ungewissen Ausgang entgegen, ohne dass er zu bremsen oder gegenzusteuern vermochte. Da ihm beim besten Willen keine Antwort einfiel, schwieg er wütend.

„Du vergisst weiter zu fragen", grinste der Alte.

„Ich gebe mich geschlagen", knirschte Sigmund.

„Sieh an: Da sitzt ja ein perfekter Zauberer vor mir, ein Meister im Verpassen von Gelegenheiten. Frag weiter, Sigmund, frag weiter, diese Gelegenheit kommt so schnell nicht wieder! Aber frag was Vernünftiges, etwas Wichtiges, verstehst du?"

Sigmund versuchte mit aller Gewalt, sein inneres Gleichgewicht zu finden. Einerseits wollte er sich vor dem Alten nicht blamieren, indem er ihn ernst nahm und jener ihn womöglich zum Narren hielt; andrerseits wollte er auch keine weitere „Gabelung" auf seinem Lebensweg übersehen und dadurch wieder auf die falsche Seite geraten. So fragte er nach einigem Zaudern unverbindlich: „Kennen Sie denn in jeder Lebenslage den richtigen Weg?"

„Allerdings, das ist meine Spezialität", erwiderte der Alte.

„Und wie sähe der bei mir aus?"

„Wirf dein angelerntes kitschiges Christ-Sein-Wollen in den Mülleimer und sperr stattdessen einfach mal die Lichter auf, ja? Du bist doch für ein einigermaßen normales Leben bisher noch gar nicht einsatzfähig: Du siehst nichts, du hörst nichts, du riechst nichts, schmeckst nichts, fühlst nichts, du lebst in der Welt wie unter einer Käseglocke, stinkst vor dich hin und wunderst dich, dass kein frischer Wind weht! Du erreichst nichts, kommst nicht voran und willst deine Schlaffheit auch noch als reife Gelassenheit verkaufen. Den lebendigen Zusammenhang mit der Welt hast du bereits als Jugendlicher verloren. Du bist eine Leiche und merkst es nicht einmal."

Sigmund wollte wütend widersprechen, doch kaum hatte er dazu Luft geholt, als ihn der Alte auch schon wieder scharf musterte und anraunzte: „Komm mir jetzt nicht mit deinem ach so großartigen Denken, auf das du so erbärmlich stolz bist! Deine Gedanken sind zwar – mit Verlaub – saukluge Hirnprodukte, haben aber so gar nichts mit der Wirklichkeit zu tun; eher klickern sie wie Billardkugeln in deinem Kopf herum, stoßen hier ein bisschen dagegen, schlagen dort schlapp aneinander, und mehr als ein Klickern und Klackern passiert ja nicht. Die Welt wird dadurch nicht aus den Angeln gehoben, nichts wird verbessert, nichts verschlechtert, und dir selbst hilft es dreimal nichts. Großartig! Wir applaudieren!"

Sigmund kam allmählich in Fahrt: „So, aha? Das mag ja nun teilweise wirklich so sein", stieß er hervor, „was aber wäre dann, Ihrer Meinung nach, einem heutigen Bewusstsein angemessener: das eigene Denken zu verleugnen? Gar nicht zu denken? Das kann's ja wohl nicht sein!"

„O nein, werter Herr", stimmte der Alte spöttisch zu, „das kann's fürwahr nicht sein. Es geht vielmehr um die Qualität deines Denkens: Was zum Erkennen von Alltagssquatsch und Bockmist taugt, ist dort durchaus am richtigen Platze. Aber, und jetzt hör mir mal gut zu, du kleiner Versager, die Gefilde der Anderswelt, die du das Jenseits nennst und um die du immer wieder so eitel herumgaukelst, die sind deinem Denken hermetisch verschlossen, da hilft auch deine gefühlsduselige Pseudo-Religion nicht weiter, die sich wie ein kitschiger Überbau über dein ohnehin schäbiges Zweckdenken emporreckt! Mit dieser prachtvollen Ausstattung an modernem Menschentum kannst du nur das Kind verraten, es schäbig sitzenlassen, helfen kannst du ihm nicht!"

Sigmund fuhr auf, die Bedienung, die soeben die zwei bestellten Getränke brachte, bekam Sigmunds Schulter unter die ausgestreckten Arme gerammt, und das Tablett flog samt Zubehör in weitem Bogen durch die Luft. Klirrend zerbrachen Gläser und Flaschen am Boden. Der Lärm splitternden Glases und der erschreckte Schrei der Frau ließen die Köpfe der anderen Gäste im Lokal schlagartig herumfahren. Alle starrten nun interessiert herüber.

„Du blöder Hund!", brüllte Sigmund den Alten an, der sich gelassen am Zorn des Jüngeren weidete.

„So gefällst du mir schon besser", versetzte er unbeeindruckt; dann wandte er sich der erschrockenen Frau zu, die immer noch wie erstarrt dastand, reichte ihr einen großen Geldschein und sagte: „Das ist für die Sauerei und die Scherben. Nehmen Sie's nicht tragisch; mein junger Freund hier ist zurzeit etwas krank." Dabei vollführte er mit der Hand eine vielsagende Bewegung vor seiner Stirn und lächelte die Frau an. Diese nahm den Schein, stammelte etwas und ging Besen und Putzeimer holen. Die anderen Gäste wandten sich wieder ihren Gesprächen zu.

Sigmund, der über seine eigene Reaktion erschrocken war, kam sich im Stehen allmählich dumm vor und setzte sich wieder. Doch seine

Gedanken wirbelten so durcheinander, dass er sie nicht mehr zu fassen bekam. Er starrte nur immer wütend den Alten an, der so tat, als sei alles in bester Ordnung, und weiter Öl ins Feuer goss: „Natürlich", sagte er boshaft, „kannst du dein armseliges Hundescheiße-Dasein genauso weiterleben wie bisher. Aber du könntest auch umlernen und dein Leben zu einem geheimnisvollen und wirklich erfüllenden Abenteuer machen, das dich täglich mit reichen Erfahrungen und Erkenntnissen beschenkt. Das alles liegt hinfort allein bei dir. Ich gehe jetzt, du kannst mitkommen, kannst aber natürlich auch sitzen bleiben oder heimgehen." Er stand mit erstaunlicher Anmut und Leichtigkeit auf, nahm seinen Hut, grüßte die Bedienung und ging. Der Jüngere folgte ihm widerwillig.

9. KAPITEL

28./29. DEZEMBER

Sigmund hatte alle Mühe, draußen mit dem Alten Schritt zu halten. Sie gingen Richtung See. Bald ließen sie die letzten Gassen hinter sich zurück und gelangten auf die Uferpromenade. Dort wandten sie sich westwärts. Zu ihrer Linken glitzerte der See. Der Alte verlangsamte den Schritt. Er blickte zu Sigmund hinüber. Dann lächelte er.

„Jeder Mensch", sagte er, „trägt die tiefe Sehnsucht nach einem erfüllten Leben in sich. Jeder sehnt sich danach, an den Geheimnissen des Daseins teilzuhaben, eine Verbindung zu jenen Welten und ihren Bewohnern zu finden, an die man als Kind vielleicht noch glaubte, die man damals vielleicht sogar noch erreichen konnte, dann aber verlor, diese Welt des Wunderbaren, der Zwerge, Elfen, Engel und Götter – eure Märchen, Legenden, Fabeln und Sagen sind voll davon. Aber irgendwann meinte man ja, erwachsen zu sein, indem man das alles als Fantasieprodukte abtat und sich in der Folge einer kahlen, grauen Welt gegenüber sah, die man dann auch noch zur Wirklichkeit erklären musste, um nicht wahnsinnig darüber zu werden. So erhebt man im Materialismus die selbst erschaffene Trostlosigkeit zur alleinseligmachenden Göttin. Wer nicht an diese glaubt, wird geächtet, wird als Spinner, Volksverführer oder Seelen-Verdreher verurteilt.

Richtest du aber dennoch deinen Blick auf die Bewohner der Anderswelt, so werden Leben und Alltag sofort wieder reicher, bunter und vor allem geheimnisvoller!"

„Darf ich Euch etwas fragen?", warf Sigmund widerwillig ein.

Der Ältere nickte.

„Soll ich jetzt wieder an Märchen glauben? An Feen und Elfen und Einhörner?"

„Die Antwort lautet NEIN, wenn du die genannten Bildgestalten für sich allein meinst, die von den Weisen der Vergangenheit erschaffen worden sind, um eine Übersetzung des Wunderbaren ins Alltägliche zu ermöglichen; aber JA, wenn du die Wesen meinst, zu denen diese Bilder dich hinführen sollten. Und wiederum NEIN, wenn du «muss ich glauben?» fragst. Du musst nichts *müssen*, du kannst frei mit einer solchen Bilderwelt umgehen. Bilder sind niemals die Wirklichkeit selbst, aber sie sind ein Weg zu ihr."

„Dann gibt es also zum Beispiel wirklich und wahrhaftig eine Frau Holle?", fragte Sigmund.

Der Alte merkte, wie der Jüngere sich innerlich wand.

„Sieh 's doch einmal so", sagte er, „du beobachtest in nächster Zeit aufmerksam die Tore, Fenster oder Schwellen zur Anderswelt. Was du dort wahrnimmst, wird dich überzeugen, und du wirst das Erlebte von selbst in Bilder fassen wollen: Bilder sind die Übersetzung komplizierter Jenseits-Begriffe in die schlichte Sprache der Alltagswelt. Ohne Bilder keine Verständigung, so einfach ist das. Wenn du vorurteilsfrei beobachtest, merkst du bald, ob etwas kommt und dann auch wirklich ist oder nicht."

„Und wenn ich mich durch vermeintliche Wahrnehmungen selbst betrüge?"

„Daran solltest du doch gewöhnt sein: Wer hat sich denn durch vermeintlich logische Schlussfolgerungen bisher immer so erfolgreich seine Eigentore geschossen? Und sich damit selbst um den weitaus größten Teil der Wirklichkeit betrogen? Du hast die Augen fest zusammengepresst und dabei allen Ernstes verkündet, es gäbe nichts zu sehen. Wäre nicht deine Sehnsucht nach echtem Sein so stark gewesen, so wärst du nicht einmal dem Kind begegnet!"

Sigmund, hin- und hergerissen zwischen seiner Wut auf den Alten und seiner Verwunderung über dessen Kenntnisse, bedachte sich und fand, dass er womöglich Recht haben könnte.

„Wo finde ich diese Tore und Türen zur Anderswelt?", fragte er.

„Eine gute Frage", lobte der Alte. „Es gibt zwei Arten davon, Raum-Tore und Zeit-Tore. Beide sind leicht zu finden. Dazu merke dir das Folgende: Was weder dem einen noch dem anderen Raum oder Bereich ganz und ausschließlich angehört, ist Schwelle, so wie die Schwelle zwischen zwei Zimmern oder zwischen Zimmer und Flur weder das eine noch das andere ist, aber beiden zugehört! Daher ist zum Beispiel der Meeresstrand ein Schwellen-Ort, denn er gehört weder zum Meer noch zum Festland: Bei Ebbe ist er Land, bei Flut ist er Meer. Von den Bewohnern der Anderswelt erscheinen dir hier die Völker der Nixen oder Undinen. Ähnliches gilt für die Inseln, auch für solche, die zwischen einem sich gabelnden und wiedervereinigenden Flusslauf entstehen. Oder betrachte diesbezüglich Waldwiesen und Lichtungen: Sie sind weder ganz Wald noch ganz Wiese; daher tanzen dort die Völker der Elfen oder Sylphen ihre Märchen-Reigen.

In älteren Sagen werden auch Kreuzwege erwähnt; an deren Schnittstelle entstehen Orte, die weder der einen noch der anderen Wegrichtung ausschließlich angehören – oder eben allen beiden; und

schon spuken dort die verschiedenen Teufelsgestalten, die nun freilich abenteuerliche und zusammengepappte Kreaturen aus mehreren Wirklichkeitsebenen sind. Betrachte von mir aus auch noch die
Wegränder zwischen Weg und Wiese oder Weg und Acker, wo du
alle möglichen Völker der Zwerge oder Gnomen findest. Selbst in
deinem Hause bist du von Schwellen umgeben: Keller, Dachböden,
Flure und in den Zimmern selbst die Ecken sind solche merkwürdigen Orte. Kleine Kinder spüren das; beobachte doch einmal, wie sie
ganz besonderen Respekt vor den Ecken haben. Und wer traut sich
nachts schon allein in den Keller, auf den Dachboden oder auch nur
von Zimmer zu Zimmer über den dunklen Flur?

Die zeitlichen Schwellen verhalten sich ähnlich wie ihre räumlichen
Geschwister: Im Tageslauf sind es die Dämmerungszeiten Morgen
und Abend, dazu Mittag und Mitternacht, im Jahreslauf dementsprechend die beiden Tagundnacht-Gleichen und die Sonnwenden,
dazu einige alte Festtage oder -nächte wie jene auf den 1. Mai, 1. August, 1. November und 1. Februar. Am bekanntesten sind wohl die
13 heiligen Nächte zwischen 24. Dezember und 6. Januar, also zwischen Mütter- und Perchtennacht.

Wenn du dich nun zu einer der angedeuteten Tages- und Jahreszeiten an einem der genannten Orte aufhältst, wirst du bald aus eige-
nem Erleben darüber urteilen können, ob die Welt von Geistern be-
völkert ist oder ob sie nur aus deinen Pappmachéfiguren besteht.

So, und nun erschrick mir bitte nicht allzu sehr darüber: Du musst
dich allmählich mit dem Gedanken vertraut machen, dass alles, was
du bisher glaubtest, Irrtum war und alles, was du für Irrtum hieltst,
Wirklichkeit ist! Durchdringe dich mit dem Gedanken, dass die Bilder, die wir uns von einer höheren Wirklichkeit machen, zwar nicht
diese Wirklichkeit selbst sind, wohl aber einen begehbaren Weg zu
ihr darstellen!

Du wirst mir jetzt noch zweimal begegnen, und dabei wirst du weiteren Unterricht in Form von Schnellkursen von mir erhalten, egal,
ob du mich aufsuchst oder zu meiden trachtest. Bis dahin nutze
deine Zeit, denn sie ist ab jetzt knapp bemessen!"

Damit stieß der Alte einen schrillen Pfiff aus, ein geflügeltes Wesen von der Größe eines Pferdes mit unüberschaubar vielen Beinen stieß wie ein Raubvogel aus der Dunkelheit von oben herab, und mit bemerkenswerter Anmut sprang ihm der Alte auf den Rücken.

„Dies ist Sleipnir", rief er Sigmund noch zu, dann schnalzte er mit der Zunge, und das Wesen erhob sich in die Nacht und entschwand den Blicken des völlig verdatterten jungen Mannes.

10. KAPITEL

28./29. DEZEMBER

Als gegen halb fünf Uhr nachmittags die Dämmerung anbrach, wurde Joachim von tiefer Unruhe erfasst. Er griff zu einem angefangenen Roman und versuchte zu lesen, musste das Buch aber nach wenigen Minuten wieder beiseitelegen. Stattdessen nahm er sich eine Zeitung vor, die er auch wieder wenige Augenblicke später entnervt auf den Tisch warf. Er setzte sich in den Sessel, sprang kurz darauf wieder auf und durchmaß den Raum mit großen Schritten. Immer wieder blickte er hinaus ins Dunkel, das nur von einzelnen Straßenlampen und deren Lichtinseln unterbrochen wurde. Die hektische Ungewissheit hielt bis etwa acht Uhr an, dann schlief er auf der Couch im Sitzen ein, den Kopf auf die Rückenlehne gelegt. Dabei träumte er heftig ...

Um Mitternacht kam Odhin auf seinem achtbeinigen Ross Sleipnir angaloppiert und sprang vor dem Haus vom Pferderücken. Mit einer Flanke setzte er über die Fensterbrüstung und stand auch schon tief atmend im Wohnzimmer. Dort sah er den Schläfer nachdenklich an, dann stieg er gelassen in einen seiner Träume hinein. Er rüttelte

Joachim an der Schulter, bis dieser in seinem eigenen Traum aufwachte.

„Willkommen, Schläfer", lachte der Ase und schlug dem jungen Mann auf die Schulter.

„Ach herrje", fuhr Joachim auf, „habe ich unser Rendezvous verschlafen?"

„Nein, es ist alles im Lot. Komm mit, die Tore zur Anderswelt stehen offen, die Flüsse rauschen quellwärts, die Sonne strahlt um Mitternacht, es ist die Hollennacht."

Ein Schwindel erfasste den jungen Mann, und er musste mehrmals tief durchatmen. Odhin sprang seitwärts über die Fensterbank hinaus, und Joachim eilte hinterher. Draußen herrschte eine eigentümliche Stimmung, es war hell und dunkel zugleich. Die Sonne strahlte von unter der Erde herauf und ließ die Pflanzenwelt nah und fern grün funkeln. Leuchtende Farben umwallten die schlafenden Tiere und zeigten den Vorbeieilenden deren Aufenthaltsort. Joachim staunte und fand dies alles dennoch vertraut. Ein blauvioletter Schleier zog in einer Schleife um Odhin herum und Joachim erkannte, dass es eine große Eule war. Ein Meteoritenschwarm stürzte aufwärts in die Sternenweiten hinaus und glühte irgendwo auf seinem Fluge auf, glitzernd wie Silvester-Feuerwerk.

Nahebei stand Sleipnir und wieherte ungeduldig. Neben ihm scharrte ein kleines Abbild Sleipnirs mit den Hufen im Gras; sein Wiehern war so hoch und hell, dass es fast wie ein Quietschen klang.

„Steig auf", rief Odhin und sprang auf Sleipnirs Rücken. Joachim schwang sich auf den Rücken des Kleinen. Der Ase schnalzte. Im Nu erhoben sich die Pferde und jagten hoch in die Lüfte hinauf.

„Sicher kommt Ihr nicht ohne Grund in dieser Hollennacht ...", hub Joachim an.

„Da hast du Recht", rief Odhin, „du wirst ihr auch bald persönlich begegnen."

„Wem?" fragte Joachim, „der Frau Holle? Die gibt es wirklich?"

Odhin lachte über diese Frage. „Wie herrlich töricht ihr Menschen doch seid!", rief er vergnügt. „Habt eine solche Mutter und wisst es nicht einmal! Ihr seid so wahnsinnig altklug, dass es fast schon wieder strohdumm erscheint!"

Nach einer Pause fuhr er fort: „Ja, Frau Huldr, oder, wie ihr sie vor hundert Jahren nanntet, Frau Holle, die gibt es wirklich. Sie ist die Holde Frau, Frau Jörd oder auch Mutter Erde, aber sie hat viele Namen."

„Mutter Erde kenne ich", sagte Joachim kleinlaut.

„Du kennst auch noch andere ihrer Pseudonyme: Santa Lucia oder Frau Perchta."

„Aber das sind doch nun ganz andere Frauen!"

„Nein", schnaubte Odhin, „es sind nur andere Sichtweisen auf die Eine, so wie Mädchen, Mutter und Alte drei Aspekte von ein und derselben Menschenfrau sein können."

„Ach so. Ja, das verstehe ich. Aber Ihr sagtet doch, dass ich ihr wiederbegegnen würde. Bin ich ihr denn schon einmal begegnet?"

„Lass dich überraschen", rief Odhin und von seinem Atem rauschten die Baumwipfel am Boden.

Vor ihnen zog sich ein Flusslauf silbern schimmernd im Mondlicht. Odhin lenkte Sleipnir tiefer. Jetzt flogen sie genau über dem glitzernden Wasser dahin. Linkerhand öffnete sich eine Waldwiese. Sie flogen darauf zu und die Hufe ihrer Pferde berührten alsbald den Boden. Nun galoppierten sie eine kleine Strecke weit über das Gras, verlangsamten dann den Lauf und hielten die Pferde an. Die Reiter sprangen ab. Odhin führte Joachim zu einem Gebüsch, auf dessen anderer Seite Joachim wieder den Fluss sehen konnte. Ein Weg führte dort in leichtem Bogen auf eine Furt zu und setzte sich am jenseitigen Ufer fort, ging dann in einen schmalen Pfad über und verlor sich zwischen den Stämmen des Waldes jenseits der Wiese.

„So, jetzt höre mir gut zu, Menschlein", sprach der Göttervater. „Wir werden zunächst den Hollenzug still beobachten. Der kommt demnächst an der Furt an. Und nun hab Acht: Was auch immer du fühlst, denkst oder tun willst, wenn du die Holde Frau erblickst: vergiss es und unterlass es, schlucke es meinethalben hinunter, aber gib auf keinen Fall einen Mucks von dir, wenn dir dein Leben lieb ist! Stelle in dieser Zeit auch keine Fragen an mich; frage später, wenn Frau Holle weitergezogen und außer Sicht ist, ja? Hast du das klar verstanden?"

„Ich denke schon. Ich soll also nicht sprechen?"

„Auch nicht seufzen, nicht ächzen und schon gar nicht rufen", ergänzte der Ase, „schaffst du das?"

„Ich glaube schon."

„Gut. Doch still jetzt, sie kommt!"

Die beiden duckten sich hinter das Gebüsch, sodass sie den Weg zur Furt im Auge behielten, doch vom Fluss her nicht zu sehen waren. Aus dem jenseitigen Wald löste sich eine schlanke weiße Gestalt, um die herum vielfältiges Leben wuselte: Tausende kleiner Kinder rannten, krabbelten und krochen hierher und dorthin und umtanzten die Hohe Frau, die mit ruhigen Schritten der Furt zustrebte. Dabei erklang ein Singen und Summen, in dessen Rhythmus die Prozession sich bewegte.

Das Licht des Mondes hatte wohl zugenommen, denn Joachim erblickte die Frauengestalt jetzt deutlicher, und nur ein feiner Schleier verbarg ihm ihr Gesicht. Das Singen wurde lauter, die Prozession erreichte den Fluss und betrat die Furt. Joachim spürte sein Herz schneller schlagen. Wie gebannt starrte er dem Zug entgegen, der durch die Furt nun das diesseitige Ufer erreichte. Kaum berührte der Fuß der Holden Frau den festen Boden, als sie sich mit anmutiger Gebärde den Schleier vom Antlitz strich und genau in die Richtung der hinter dem Gesträuch verborgenen Männer blickte.

Joachim drohte das Herz stillzustehen, als er das feine Gesicht erkannte: Es war Bertha, das zauberhafte Mädchen in dem Haus hinter Wasser und Feuer! Doch wirkte ihr Antlitz jetzt reifer, weicher und runder. Aber sie war es, ohne Zweifel! Für Joachim stand die Welt still, er vergaß, was Odhin ihm eingeschärft hatte; er sah nur noch die geliebten, vertrauten Züge der Hohen Frau vor sich, und ehe ihm das Herz zerbrechen wollte, war er hinter dem Dickicht vorgesprungen und stand nun im vollen Mondlicht ohne Deckung da.

„Bertha!", rief er aus. Ganz kurz war ihm, als lächle die Holde Frau, dann verlöschten schlagartig alle Lichter und er stürzte zu Boden.

Als er erwachte und die Augen aufschlug, blickte er in Odhins mürrisches Gesicht.

„Was ist passiert?", fragte er.

„Niemand erträgt den Anblick der Hohen Frau unvorbereitet", brummte der Ase. „Du kannst noch von Glück sagen, dass sie dir nicht völlig fremd war, denn sonst hätte ihr Anblick dich umgebracht. Aber du hast uns trotz allem eine wichtige Begegnung vermasselt."

„Wie kann ich zu ihr gelangen? Wo kann ich sie finden? – und wie?!"

„Langsam! Gut Ding braucht Weile, das gilt genauso für okkulte Tatsachen. Im Augenblick ist das auch nicht meine wichtigste Sorge."

„Aber ich muss zu ihr gelangen, und koste es mein Leben!"

„Ja, ja, ich weiß. Gib erst einmal Ruhe, Menschlein. Das ganze Chaos löst sich ja von allein, wenn wir es nicht noch weiter verwirren. Wenn du der Hohen Frau ein drittes Mal so chaotisch begegnen willst, wirst du das mit Sicherheit nicht überleben. Daher müssen wir dich zuvor mit einem starken Schutz versehen."

„Aber ihren Anblick am Fluss habe ich doch auch überlebt und den davor in ihrem Hause hinter Wasser und Feuer ebenfalls!"

„Den ersten dort, ja. Beim zweiten, heute Nacht, standest du noch eine Weile unter meinem Schutz, bis du in direkten Kontakt zu ihr tratst. Da war der Schutz dann freilich dahin. Ich konnte dich nur noch schnell Ihrem Einfluss entziehen, sonst wär's aus gewesen mit dir. Aber, beim Haupte Mimirs! ich habe da so eine Idee."

Joachim, der gar nichts mehr verstand, schwieg still. Aber in seinem Herzen regte sich schmerzhaft das Bild der Holden Frau.

11. KAPITEL

30. DEZEMBER

Sigmund hatte wohl doch zu viel Ungewöhnliches auf einmal erlebt. Er war so erschüttert, dass er glaubte, sein normales Alltagsleben nicht länger ertragen zu können. Er wurde heftig krank und kroch daheim von Frostschauern geschüttelt ins Bett. Am 29. Dezember erwachte er mit Brummkopf und hohem Fieber und fühlte sich, als ob er sterben müsse. Zum Glück kam am Vormittag seine Freundin Sabine vom Weihnachtsbesuch bei ihren Eltern zurück. Sigmund rief sie an und sagte, dass er, falls er demnächst sterben sollte, sie doch immer geliebt habe und immer lieben werde. Wenngleich sie seine Empfindlichkeiten und Schrullen schon kannte, kam ihr etwas an seiner Stimme doch anders als sonst vor; daher versprach sie, sofort zu kommen. Dieses Sofort dauerte dann doch noch fast eine Stunde, während Sigmund unter den kalten Waschlappen stöhnte, die er sich alle zehn Minuten auf seine heiße Stirn legte und die dann so heiß wurden, dass sie alle zehn Minuten wieder trocken waren.

So schnell sein Zusammenbruch erfolgt war, so schnell erholte er sich wieder. Am Vormittag des 30. Dezember betrachtete er sich als geheilt. Seine Freundin hatte ihn zu einer Silvesterfete bei einigen ihrer Freundinnen eingeladen, die anscheinend „etwas ganz Großes planten", und Sigmund hatte zugesagt mitzukommen. An diesem

Vormittag wollte er Silvesterraketen und ein paar gängige Scherzartikel für das Festchen bei Sabines Freunden einkaufen. Im Stillen gedachte er allerdings, den mysteriösen Alten, dem er in der Nacht auf den 29. Dezember über den Weg gelaufen war, mit seiner Teilnahme an der Fete auf die Probe zu stellen. Der hatte ihm ja angekündigt, sie würden einander begegnen, ob Sigmund das wolle oder nicht. Vorsichtshalber beschloss er, das Schwellen-Experiment, das ihm der Alte erklärt hatte, am gleichen Abend doch noch durchzuführen; schaden würde das niemandem; außerdem sah ihn ja auch keiner dabei. Eventuell könnte natürlich Sabine vorbeikommen und das Experiment unterbrechen, aber das wollte er auch nicht um jeden Preis verhindern. So ging er los, um die Besorgungen für den Silvesterabend zu erledigen.

Als er das Kaufhaus betrat, umfing ihn das geschäftige Summen und Treiben Hunderter kauffreudiger Kunden, die alle in Eile zu sein schienen. Plappernd, lachend, schreiend quirlten Kinder verschiedener Altersstufen dazwischen herum und freuten sich an dem Gedränge. Zum ersten Mal sah sich Sigmund die Kinder, die seinen Weg kreuzten, genauer an. Sie alle erinnerten ihn an sein Weihnachtskind; aber er ließ nicht zu, dass er darüber wieder ins Brüten geriet. Zielstrebig steuerte er die Feuerwerkstische an und suchte sich ein paar Artikel heraus, die ihm gefielen.

Am Nachbartisch waren auch Bastelsachen ausgestellt. Eine junge Frau, die ihren Einkaufswagen vor sich herschob, fiel ihm auf. Sie war schlicht gekleidet, aber von großer Schönheit. Beim Tisch mit den Bastelsachen hielt sie an und betrachtete die Auslagen.

Sigmund merkte, dass sie ihm unglaublich vertraut vorkam, obgleich er wusste, dass er ihr noch nie begegnet war. Sein Starren erregte ihre Aufmerksamkeit, und sie blickte kurz hoch. ‚Wahnsinn‘, dachte Sigmund, ‚sie hat gespürt, dass ich sie anschaue!‘ Gelassen wandte die Schöne den Blick wieder ab und den Artikeln vor sich zu. Dann wählte sie einige Schnüre, Tonperlen und -töpfe aus und legte sie in den Einkaufswagen.

In diesem Augenblick ertönte über ihnen ein durchdringendes Reißen und Knirschen, und einer der riesigen Kronleuchter mit Dutzenden von Lämpchen und Hunderten von geschliffenen Glaskugeln und -sternen löste sich von der Decke, hing plötzlich mit einem mächtigen Ruck und Klirren an einigen Stromkabeln fest, die ihn kurz aufzuhalten schienen, und riss dann mit hässlichem Kreischen von seinen Kabelsträngen ab, wobei sein Licht erlosch und tausend Funken zischend aus den abgerissenen Kabeln sprühten. Das Ganze passierte so schnell, dass keiner der Anwesenden unter dem Leuchter richtig begriff was geschah, als auch schon die zentnerschwere Last scheppernd und klingelnd herabstürzte.

,O Gott', dachte Sigmund nur, durch die Schreie der Umstehenden wie versteinert. Bevor der tödliche Aufschlag am Boden erfolgte, riss die junge Frau bei den Bastelsachen ein kleines Kind neben ihrem Einkaufswagen an sich und brachte sich und das Kleine mit einem blitzschnellen Sprung und Sturz außer Reichweite. Bruchteile von Sekunden später schrillte ein solches Krachen, Brechen und Klirren vom Basteltisch her, dass es in den Ohren schmerzte. Glas brach tausendfach, Splitter schwirrten wie Geschosse durch die Luft, Menschen schrien, und Feuer lohte von den getroffenen Warentischen mit den Feuerwerkskörpern auf.

Sigmund, unverletzt, war zu der jungen Frau hingestürzt und wollte ihr aufhelfen. Doch bevor er sie erreichte, war sie schon aufgesprungen, drückte ihm nur das Kind in die Arme und blickte dann konzentriert zum Unglücksort hin, der allmählich in Rauch und Funkenregen verschwand. Bevor Sigmund etwas sagen konnte, stürmte sie wieder in Richtung der Flammen und half dort einer Gestalt aus den Trümmerteilen.

Zwischen dem Schreien der Umstehenden, dem Piepen der Brandmelder, dem Zischen der anspringenden Sprinkleranlage und den ersten Sirenen ertönte jetzt lauter das Stöhnen der Getroffenen. Immer wieder half die junge Frau verletzten Leuten aus dem Rauch heraus und verschwand dann wieder in den giftigen Schwaden. Die Sprinkleranlage versprühte feinen Regen auf das Durcheinander am

Boden und löschte die kleineren Brände. Männer mit Feuerlöschern, andere mit Tragen eilten umher und halfen, so schnell und so gut es ging. Sigmund stand wie paralysiert im Weg. Er war so beeindruckt von der Geistesgegenwart, Furchtlosigkeit und Tatkraft der Frau, dass er nichts anderes mehr wahrnahm. Das Kind in seinen Armen hatte das Gesicht an seine Schulter gelegt und schien noch immer den Atem anzuhalten. Dann endlich wagte es einen tieferen Atemzug und fing an zu weinen. Sigmund war tief bewegt. Ihm war, als habe die Fremde ihm geholfen, den Fehler mit seinem Weihnachtskind auf irgendeine Weise wiedergutzumachen. ‚Ich schickte es weg und sie legt es mir wieder in den Arm', dachte er erschüttert. Er war zu Tränen gerührt, aber er schämte sich dessen nicht.

Eine Frau, von einem Mann gestützt, eilte schreiend auf ihn zu. „Peterle! Peterle!", stieß sie wieder und wieder hervor. Sie riss das Kind aus Sigmunds Armen, während ihr Mann Sigmund fest in die Arme schloss.

„Tausend Dank!", war alles, was der Fremde herausbrachte. Aber seine Blicke sprachen für sich, als er Sigmund losließ und der Frau das Kind abnahm. Diese warf sich Sigmund in die Arme und drückte ihn so an fest sich, dass ihm die Luft wegblieb.

„Danke! Danke!", stammelte sie immer wieder zwischen Weinen und Lachen.

„Bitte geben Sie uns Ihren Namen und Ihre Adresse", bat der Mann. „Dürfen wir Sie in den nächsten Tagen zu uns einladen?"

Sigmund löste sich aus der Erstarrung. „Gern", sagte er, „aber die Retterin des Kindes ist dort im Gewühl."

Sanitäter eilten umher und baten die Leute, schnell nach draußen zu gehen. Gemeinsam mit den Eltern des Kindes eilte er zu den Türen.

„Ich heiße Sigmund Mahler. Die junge Frau, die Ihr Kind unter dem herabstürzenden Lüster wegriss, werde ich ausfindig machen", versprach er.

Der junge Mann schrieb seine Adresse auf, während die Frau das

Kind hielt. Dann nahm wieder der Mann den Kleinen, und die Frau umarmte Sigmund, küsste und drückte ihn. Darauf trennten sie sich. Sigmund machte sich sogleich daran, nach der mutigen Retterin zu suchen.

Bei einer Gruppe junger Leute neben einem Fahrzeug der Technischen Hilfswerke sah er sie im Gespräch stehen. Er wartete, bis sie sich umwandte und sprach sie an: „Ich bin tief beeindruckt von Ihrer Geistesgegenwart, die Sie da drin gezeigt haben."

Sie lächelte: „Konnten Sie das Kind an die richtige Adresse zurückgeben?"

„Ja, und unsere Einladung dort steht auch schon fest, nur der Zeitpunkt ist noch offen; den sollen Sie bestimmen. Ich bin auch eingeladen, obwohl ich nur das Kind festhielt."

„Was in dem Durcheinander sicher nicht unwichtig war."

„Darf ich Ihren Namen und Ihre Adresse an die Leute weitergeben, wenn sie mich anrufen?"

„Das ist schon in Ordnung. Ich heiße Sveya von Freytag und wohne in Owingen, Buchhalde 8. Meine Telefonnummer ist 07551 – **** ".

Polizei und Feuerwehrleute baten jetzt alle Anwesenden, den Platz um die Fahrzeuge herum freizumachen, und Sigmund und Sveya verabschiedeten sich schnell voneinander.

Sigmund zitterten die Beine, daher verzichtete er im Augenblick auf weitere Einkäufe. Er hatte schon wieder so viel Einschneidendes erlebt, dass es ihm vorerst reichte; dennoch schienen ihm die Erfahrungen des Vormittags mehr wert als große Teile seines bisherigen Lebens.

12. Kapitel

Sabine hatte Sigmund gesagt, dass sie am 30. Dezember einkaufen und ihre Wohnung in Ordnung bringen wolle, um dann am 31. ganz bei ihm zu bleiben und abends mit ihm zur Silvesterparty gehen zu können. Sigmund kam das durchaus gelegen, hatte er sich doch vorgenommen, das Schwellen-Experiment des „verrückten Alten", wie er ihn für sich nannte, durchzuführen. So zog er, als der Abend vorangeschritten war, warme Kleidung an und wanderte hinaus zur Aach, die unterhalb der Ortschaft Hohenbodmann einen Tobel in die Hügel gegraben hatte. In Sigmunds Manteltasche steckte eine Taschenlampe, aber die Nacht war hell. Weiß und tief stand der Mond über der froststarren Landschaft. Alle kleineren Bäche, die sonst zur Aach flossen, lagen still unter Eis. An den Bäumen und Büschen glitzerte Raureif. Die nächtliche Winterwelt war wie verzaubert.

Sigmund schritt kräftig aus, um in kurzer Zeit ein großes Stück des Weges voranzukommen und sich warmzuhalten. Als er über Ernatsreute in den Wald des Aachtobels hinunterstieg, verließ er damit zugleich die vertraute Umgebung und tauchte in eine bei Nacht fast fremde Welt ein.

Unten am Ufer der Aach überquerte er zuerst eine Metallbrücke, dann wanderte er in Richtung „Maria im Stein" flussaufwärts weiter. Der Weg bot keine besonderen Schwierigkeiten und Sigmund konnte seinen Gedanken nachhängen. Er achtete kaum auf die Umgebung. Bald erreichte er die Holzbrücke, die wiederum zum rechten Flussufer hinüberführte. Mitten auf der Brücke blieb er stehen, legte die Ellbogen aufs Geländer und schaute wie träumend flussaufwärts. Das Murmeln des Wassers hatte etwas Einschläferndes. Nach einiger Zeit wurde er sich wieder seiner Umgebung bewusst.

‚So', dachte er, ‚hier befinde ich mich nun, ebenfalls auf einer „Schwelle": Weder stehe ich links noch rechts der Aach; weder im Wasser noch auf dem Lande; weder auf dem Erdboden noch in der Luft. Überdies steht die Zeit zwischen den Jahren. Und was passiert jetzt?'

Nichts passierte, das Murmeln des Baches blieb stets gleich. Doch die Kälte wurde spürbarer, je länger er dort stand. Er konstatierte: ‚Kein neuer Ton, keine Auffälligkeiten irgendeiner Art. Es riecht nach nichts; ich schmecke nichts, ich fühle nichts … na ja, außer dass mir kalt wird. Verdammt! Ich will doch eigentlich, dass etwas passiert!'

Doch nichts geschah.

‚Der Alte hat mich betrogen! Und ich Arsch habe mich an der Nase herumführen lassen!' Er schlug mit der Hand aufs Geländer. Der Schlag hallte eine Weile nach, dann begann die Brücke zu vibrieren, zuerst nur zart, doch dann fing sie an sich zu schütteln, zuletzt wie wild zu reißen und zu zerren. Erschrocken stemmte Sigmund sich gegen die verrückten Bewegungen und klammerte sich am Geländer fest. Als er aufschaute, hatte sich das Licht verändert: Eis und Schnee waren fort; die Bäume leuchteten und glühten in unwirklich strahlenden Grüntönen, und grün pulsierte auch das Wasser unter der Brücke; selbst die Hügel rundum glühten intensiv grün.

‚Was ist jetzt passiert?', fragte Sigmund sich erschrocken. Er kniff die Augen zu und riss sie wieder auf, aber die Farben blieben. Von rechts erblickte er aus dem Augenwinkel eine Bewegung. Er fuhr herum und schrie vor Schreck auf.

Ein heller Fleck war zwischen den Stämmen des Waldes hervorgetreten und näherte sich nun in großen Sprüngen auf dem Wiesenstreifen, der flussauf das rechte Aach-Ufer bildete. Es schien ein Tier zu sein, zuerst ein Hund, dann ein Schaf, dann war es ein Hirsch! Ein weißer Hirsch mit – nein, das konnte nicht sein! – mit goldenem Geweih?

‚Du träumst, du träumst das nur', ermahnte er sich und versuchte verzweifelt zu erwachen; doch das ging nicht, er war in dieser Wirklichkeit gefangen. Er starrte entsetzt den Hirsch an, dieser blieb stehen und starrte mindestens ebenso entsetzt zurück. Dann bäumte sich das Tier auf, schüttelte den Kopf und kehrte Sigmund die Rückseite zu. In wilder Flucht jagte es über die leuchtende Wiese davon.

„Nein", keuchte Sigmund, „so leicht sollst du mir diesmal nicht entkommen, jetzt, wo ich dich gefunden habe, du Wundertier!"

Er stieg von der Brücke ins pulsierende Grün der Wiese und folgte dem Hirsch. Dieser sprang nicht mehr schnell davon, war aber auch nicht gerade langsam, dennoch konnte Sigmund sich stets in Sichtweite hinter ihm halten. Sie kamen unterhalb der Kapelle von „Maria im Stein" vorbei und gelangten zur Metallbrücke. Der Hirsch sprang über den Bach und Sigmund folgte ihm über die Brücke. Dann ging es steil bergauf, wo Sigmund vor knapp einer Stunde hergekommen war. Kurz vor dem oberen Rand des Tobels bog der Hirsch scharf nach rechts zum „Kätzleberg" vom Weg ab. Sigmund folgte ihm. Ein weiteres steiles Stück den Kätzleberg hinauf, und dann stand er schwer atmend auf der Hochfläche, die größer war als er sie in Erinnerung hatte. Der Hirsch machte eine längere Flucht und entschwand seinen Blicken im Gebüsch.

Ein merkwürdig rhythmisches Geräusch erregte Sigmunds Aufmerksamkeit: Es war, als würde der leuchtende Wald anfangen zu musizieren. Eine Art Trommelchor ertönte, dessen verschiedene Stimmen einzeln wie Steine-Klickern oder Hölzer-Schlagen klangen, zusammen jedoch eine eigenartige, mitreißende Schlagmelodie bildeten. Sigmund spürte, wie ihm die eigenen Beine nicht mehr gehorchten und er zu tanzen begann. Verzweifelt stemmte er sich anfangs dagegen, am Ende musste er dem Drang nachgeben. Er tanzte mitten im Wald wie ein ausgemachter Narr! Und je länger er tanzte, je kühner er die Schritte setzte, desto deutlicher schälten sich aus Felsen und Geröll, aus Stein und Wurzelstubben Gesichter und Köpfe heraus, die alle um ihn herum und mit ihm zusammen tanzten. Und dieser Tanz war das Tollste, das er je erlebt hatte! Er schwenkte die Arme, wiegte sich in den Hüften und sprang über

Steine und Wurzeln, immer im Rhythmus, immer im Takt, immer in der Melodie, immer im Wald, immer auf der Erde! Er tanzte den wunderbaren Hochzeitstanz der Erde! Und den Sommertanz! Und den Erntetanz! Und die Köpfe um ihn herum tanzten wie besessen mit! Rund und rund, hin und her, links und rechts, oben und unten, vorne und hinten! Und die Erde lachte dazu, lachte ihr lieblichstes Brautlachen, lachte ihr Mutterlachen im Reigen der Kinder, krächzte ihr heiseres Greisinnenlachen. Und Sigmund und die Kopfgesichter um ihn herum tanzten dazu und lachten mit. Lachten und sangen, bis die Bäume gleichfalls zu tanzen begannen: die Fichten und Buchen, Ahorne, Eschen und Ulmen des Kätzlebergs tanzten, dass die Welt in allen Fugen krachte!

Mit einer verklingenden Tanzweise im Ohr und mit vor Tanzlust noch immer zuckenden Gliedern fuhr Sigmund in seinem Bett zu Hause empor und wusste nicht so recht, wo er war. Er versuchte sich zu orientieren, zuerst räumlich, dann zeitlich. Was war das für ein wahnsinniger Tanz gewesen? Was war da im Wald passiert? Und vor allem: wie war er nach Haus gekommen? Hatte er jetzt alles nur geträumt? Aber nein, er war doch auf das vertrackte Experiment eingegangen und gestern Abend zur Aach gewandert. Er erinnerte sich klar an jedes Detail. Und auch, ach! an diesen Tanz!

‚Das kann ich nicht einmal Sabine erzählen', dachte er erschüttert, dann sank er wieder in die Kissen zurück und war sogleich eingeschlafen.

Als er abermals erwachte, war es 9 Uhr am frühen Vormittag des 31. Dezember. Er hatte Muskelkater in den Beinen, dass er fast nicht aus dem Bett kam.

13. KAPITEL

31. DEZEMBER

Die Fete sollte abends um 7 Uhr bei Sabines Freundin Anja in Taisersdorf beginnen. Anjas Eltern hatten ein großes Haus am Dorfrand Richtung Aachtobel und weilten über Weihnachten immer auf Ibiza; deshalb war das Haus in dieser Zeit leer und „die Bude sturmfrei". Da bei Anjas Feten stets Paare eingeladen waren, galten ihre Feste als „anständig", was bei einigen ihrer Freunde zwar ein Synonym für „langweilig" war, dennoch fühlte sich auf eine Einladung hin jeder in einer Art geschmeichelt und kam gern. Das rührte daher, dass Anja und Jürgen dafür bekannt waren, ziemlich genial zu sein, und ihre Feste immer Überraschungen boten. Wer Anja besuchen kam, durfte mit Besonderem rechnen.

Sabine, die Sigmunds Haustürschlüssel hatte, kam um 10 Uhr ausgeschlafen und munter ins Haus gepoltert. Sigmund saß in der Küche über einer Tasse Kaffee und grübelte seinen nächtlichen Walderlebnissen nach. Sabine riss die Tür auf, stürmte herein und küsste Sigmund auf den Mund

„Uh, du schmeckst nach Kaffee", sagte sie.

„Sei mal froh, dass ich nicht Knoblauchsauce esse", erwiderte er.

Sabine lachte. Sie setzte sich Sigmund gegenüber und blickte ihn scharf an: „Was ist das Aufregendste, was du je erlebt hast?", fragte sie.

Sigmund erschrak, fasste sich aber gleich wieder und tat so, als denke er nach.

„Mein Traum vergangene Nacht", sagte er dann überzeugt.

„Ein Traum?", fragte Sabine verdutzt nach.

„Ja", antwortete er arglos.

„He", fauchte Sabine ihn plötzlich an, „du wirst im Kaufhaus nur um Millimeter von einem schweren Kristallleuchter verfehlt, wirst fast elektrisch gegrillt oder abgefackelt, kümmerst dich um verunglückte und traumatisierte Kinder am Unfallort, als gehöre das Zerschmettert-Werden gerade mal so zum Alltag, und dann erzählst du mir, das Aufregendste sei ein Traum! Sigmund, du bist komplett meschugge! Ich hätte dich gestern fast verloren!"

Damit fiel sie ihm um den Hals und küsste ihn so heftig, dass er darüber sogar seinen Traum vergaß.

„Woher weißt du das denn?", fragte er, als er wieder zu Luft kam.

„Woher? Woher? Das wissen alle! Es steht in fast jeder Zeitung der Welt, auf jeden Fall aber im Südkurier."

„Ich hab keine Kinder gerettet!"

„Ach nein? Willst du's wieder mal herunterspielen? Komm, erzähl, wie es passiert ist! Ich will jedes Detail wissen!" Sie setzte sich wieder sich auf den Stuhl gegenüber, strich sich das Haar aus dem Gesicht und blickte ihn erwartungsvoll an.

„Das war alles gar nicht so schlimm", sagte er, „das heißt …", korrigierte er sich hastig, „nicht für die, die weiter weg standen."

„Hör mal: Fünf Leute sind gestorben, einer kämpft noch mit dem Tode, und du sagst, es sei gar nicht so schlimm gewesen! He, Siggi, komm runter, unser Planet heißt Erde!"

„Ja, ich weiß", gab er nach. „Ich wollte ja sagen, es gab nur diesen kleinen Gefahrenkreis unter dem Leuchter; alles andere war überhaupt nicht gefährlich oder in Gefahr."

„Bei der Befragung der Leute sagten mehrere übereinstimmend aus, dass du nur durch einen einzigen Schritt dem tödlichen Schlag entgangen bist!"

„War das so knapp? Das weiß ich gar nicht mehr … Aber Sabine, das, was ich dort gesehen habe, war das beeindruckendste Erlebnis meiner Karriere als … als Volltrottel des 21. Jahrhunderts!"

„Mach's nicht so spannend! Was hast du gesehen?"

„Da war eine junge Frau, die hieß … Svantje? Nein, Sveya! Warte mal …," er suchte in seiner Tasche und fischte einen Zettel heraus. „Sie hieß Sveya von Freytag."

„Sveya?", fiel ihm Sabine jetzt ins Wort. „Die kenne ich gut, ich war mit ihr zusammen in derselben Klasse in der Berufsschule."

„Du kennst sie?", fragte Sigmund erstaunt und fuhr dann fort: „Also, die war dort so was von cool! Unheimlich geistesgegenwärtig, unerschrocken und mutig – einfach großartig!"

Sabines Blick verdüsterte sich: „Die war schon immer die Beste, die Coolste, die Klügste und noch vieles mehr, und zwar in allem, was sie tat, tut und jemals tun wird, und das bis in alle Ewigkeit, amen."

„War das jetzt ironisch gemeint?", fragte Sigmund.

„War das vorher verehrungsvoll gemeint?", schnappte Sabine zurück.

„Herzchen, ich kenne die Frau doch gar nicht. Ich habe nur gesehen, wie sie im kritischsten Moment reagiert hat, und das war absolute Spitze!"

„Also, erzähl!", befahl Sabine.

„Na, sie stand halt genau im Epizentrum der Gefahrenzone und hätte das Lämpchen exakt auf die Fontanelle bekommen, wenn sie stehen geblieben wäre. Doch da machte sie einen Riesensatz, aber nicht einfach weg aus der Gefahrenzone, nein, sondern auf ein fremdes Kind zu, das ebenfalls dort stand, packte es und hechtete bühnenreif außer Reichweite, und das alles in allerletzter Sekunde! Das ging so irre schnell, du hast das nicht mit den Augen verfolgen können! Und nicht genug damit: Sie rappelt sich nach dieser Hechtrolle im Nu wieder auf, drückt mir den fremden Bub in die Arme und stürzt sich in Feuer und Qualm, wo's am schlimmsten raucht; hilft hier einer alten Frau aus den Trümmern, zieht dort jemanden aus den Drähten, reißt brennende Holzteile von Verletzten weg und steht zehn Minuten später mit ein paar Kumpels vom THW zusammen und unterhält sich – womöglich über neue Kochrezepte."

„Kochrezepte?"

„Na, was weiß ich? Jedenfalls sprachen die garantiert nicht von dem, was wenige Minuten zuvor passiert war und diese Sveya fast das Leben gekostet hätte! Die Eltern des Kleinen, den sie mir nach seiner Rettung ans Herz gedrückt hatte, haben übrigens sie und mich zu sich eingeladen. Die waren natürlich außer sich vor Glück, dass ihr Peterle noch am Leben war. Ich habe ihnen gesagt, dass Sveya die Retterin war, nicht ich."

„Sveya war immer die ungekrönte Königin in unsrer Klasse", sagte Sabine nach einer Weile. „Sie konnte quasi alles. Sie machte auch alles, wenn's kein andrer anpacken wollte. Für die Mädchen war sie die allerbegehrteste Freundin, für die Buben die heimlich Angebetete. Dabei nahm sie das so selbstverständlich hin, als könnte es nicht anders sein. Die meisten von uns waren wohl ein bisschen eifersüchtig auf sie."

„Du auch?", fragte Sigmund neugierig.

„Ja, ich glaube schon. Sie hatte das gewisse Etwas, das man weder vortäuschen noch einfach so nachmachen kann und das jede selbst gern gehabt hätte."

„Da sieh mal einer an! Aber genau so ist's mir auch ergangen: Sie tat exakt das, was ich gern selbst getan hätte, bloß halt nicht getan habe, weil ich's nicht konnte. Wie die berüchtigte große Schwester…"

„Wie die berühmte Goldmarie", sagte Sabine und wusste selbst nicht, woher ihr dieser Ausdruck plötzlich kam.

14. KAPITEL

SILVESTER

Um fünf nach sieben klingelten Sigmund und Sabine an Anjas Haustür. Von innen drangen Musik und Stimmen heraus. Anja öffnete selbst.

„Sabine", rief sie und umarmte die Freundin.

„Hallo, Anja", antwortete Sabine aus der Umarmung heraus. Dann drückte Anja Sigmund an sich und hieß sie beide willkommen. Sie traten ein.

Drinnen summten die Gespräche mehrerer Paare durcheinander. Als die Neuen eintraten, wurde es kurz still und aller Blicke richteten sich auf Sigmund. Dem wurde unbehaglich zumute. Eine hübsche Brünette im Ballkleid zog ihren Freund an der Hand zu Sigmund hin und fragte: „Hej, bist du nicht der Sigmund Mahler, der heute in der Zeitung steht?"

„Hej! Ja, bin ich. Aber was da steht, ist bestimmt falsch."

„Aber du hast doch ein Kind gerettet?

„Nein, das hab ich leider nicht. Ich hätte das zwar gern getan ..."

„Das war Sveya von Freytag, Yvonne", unterbrach ihn Sabine.

Yvonne machte große Augen. Ihr Freund stellte sich Sigmund als Wolfgang vor. Er sagte: „Erzähl doch mal, was da wirklich abging!"

Sigmund nickte. Die anderen rückten näher, und Anja stellte die Musik leiser.

„Also, es kam plötzlich so ein Gerumpel von oben, und dann krachte dieser Leuchter mit allem Glitzerzeug daran in zwei Etappen abwärts. Sveya stand genau darunter, etliche andere auch. Ich war in der Nähe, also am Nebentisch ..."

„Immer noch nah genug um erschlagen zu werden", fiel ihm Sabine ins Wort.

„Ok", sagte Sigmund, „ziemlich darunter. Ich tret' schnell weg, als ich's krachen höre, und sehe, wie diese Sveya sich nicht etwa in Sicherheit bringt – und die hat genau gemerkt, was da abging – nein, die hechtet auf ein Kind in ihrer Reichweite zu und macht mit ihm die perfekte Hechtrolle seitwärts weg. Da knallt auch schon das Ding runter und vermuste …"

„Äää!", schrien die Mädchen.

„Sorry, also zerquetschte die dort Stehenden. Dann springt sie aber sofort wieder auf, drückt mir das Kind in den Arm und jagt in Rauch und Flammen zurück, um noch mehr Leute herauszuholen, was ihr ja auch gelang." Sigmund griff zu seinem Glas.

Sabine setzte seinen Bericht fort: „Und – typisch Sveya – zehn Minuten später plaudert sie mit Bekannten vor dem Kaufhaus und erwähnt wahrscheinlich mit keinem Wort, was geschah. Tut, als passierten derlei Kleinigkeiten täglich nebenbei!"

„Boah!", stießen einige der Zuhörer beeindruckt hervor.

„Die hat's voll drauf", bestätigte Yvonne.

„Ist eine echte Powerfrau", fügte Anja hinzu.

Diejenigen, die sie kannten, nickten. Sigmund bekam ein volles Glas in die Hand gedrückt.

„Und wenn der da nicht solches Schweineglück gehabt hätte", ergriff Sabine wieder das Wort, „dann wäre ich jetzt Witwe!" Damit nahm sie Sigmunds Kopf in beide Hände und küsste ihn heftig auf den Mund.

„Auf dein Wohl!", rief Anja.

„Was? Meins?", fragte Sabine.

„Nein, seins doch", sie deutete auf Sigmund, „aber deins natürlich auch. Auf das Traumpaar SS!"

Die anderen griffen ihren Toast auf und echoten: „Es lebe die SS!"

Bernd, der gerade von der Toilette kam, rief entrüstet: „Verdammte Nazis!", drehte sich um und rannte wieder hinaus. Seine Freundin eilte lachend hinterher.

Im Laufe des Abends bestätigte die Party den Ruf von Anjas Festen: Immer wieder kamen spannende und unerwartete Einlagen zwischen Spielen, Tanzen, Plaudern, Essen und Trinken und sorgten für tolle Stimmung. Ein junger Mann ließ die Anwesenden Runensteine legen und interpretierte launig das gelegte Orakel zur allgemeinen Belustigung. Als die Mitternacht nahte, stieg die Stimmung. Sigmund dachte mit einer gewissen Schadenfreude an den Alten, dessen Vorhersage er gerade dabei war zu unterlaufen: Würde er nur lange genug auf der Fete bleiben, dann wäre er für den Fremden unmöglich aufzuspüren und quasi unerreichbar.

Während einer Gesprächspause stellte sich Anja auf einen Stuhl und rief: „Zur allgemeinen Erheiterung werden wir heute etwas Besonderes erleben. Darf ich euch dazu einen erfahrenen Zauberer vorstellen! Sein Name ist Olav Åsteson!"

Die Tür schwang auf, alle fuhren herum, und da stand ein großer alter Mann im blauen Mantel, mit einem breitkrempigen Hut, der die Versammelten mit spöttischem Lächeln begrüßte.

Sigmund, der gerade ein Glas zum Trinken angesetzt hatte, verschluckte sich und fing an zu husten. Dabei verbarg er nur mit Mühe seinen Schrecken. Der Mann war niemand anderes als der verrückte Alte von neulich nachts!

„Meinen Gruß den Anwesenden!", rief dieser mit tiefer, volltönender Stimme und zog den Hut. „Will nicht jemand dem jungen Mann dort drüben zu Hilfe eilen, ehe er erstickt?", fügte er mit sardonischem Lächeln hinzu und wies auf Sigmund.

Sabine klopfte ihrem Freund eifrig auf den Rücken. Die jungen Leute waren alle auf den Zauberer konzentriert, einige riefen beifällige Kommentare, andere klatschten.

Der Alte setzte schwungvoll den Hut auf, verbeugte sich leicht und riss ihn sogleich wieder entsetzt vom Kopf: Auf seinem weißen Haar saß ein riesiger schwarzer Rabe, schaute sich um und krächzte; dann breitete er die Schwingen aus und flog durch ein geöffnetes Fenster nach draußen.

„Das war mein Assistent Hugin. Ich entschuldige mich für sein schlechtes Benehmen, einfach wegzufliegen! Seit ich ihn von einer schönen Dame als Geschenk erhielt, ist seine Erziehung zu kurz gekommen. Nun, hier darf ich Ihnen noch seinen Kollegen Munin vorstellen", er sah sich suchend um, blickte in den leeren Hut in seiner Hand und setzte denselben wieder auf. Sofort aber riss er ihn wieder erschrocken vom Kopf. Ein weiterer großer Rabe saß krächzend auf dem weißen Haupt des Alten.

Die jungen Leute klatschten Beifall und der Rabe flog auf, drehte eine Runde durchs Zimmer und verschwand ebenfalls durchs offene Fenster. Als der Beifall und das Kommentieren und Spekulieren etwas verebbt waren, meldete sich eine zierliche Blondine mit erhobener Hand: „Können Sie auch wahrsagen?", fragte sie.

„Ist eine meiner Spezialitäten", nickte der Alte und schlug sogleich vor, jedem einzeln von ihnen im Nebenzimmer Vergangenheit, Gegenwart und Zukunft zu deuten. Das wurde sofort akzeptiert.

„Wer will den Anfang machen?", fragte der Zauberer.

Anja meldete sich. Der Zauberer nickte und verschwand mit ihr im Nebenzimmer.

Nach kurzer Zeit kehrte sie aber schon wieder zurück und war auffällig still. Der nächste kam an die Reihe, und so ging das eine ganze Weile. Einer nach dem anderen verschwanden sie wenige Minuten im Nachbarraum und kamen ins große Zimmer zurück, einige sichtlich erschüttert. Plötzlich war niemand mehr laut und ausgelassen, die Stimmung hatte sich grundlegend verändert. Und doch war keine Unzufriedenheit zu bemerken, im Gegenteil, alle schienen innerlich erfüllt und glücklich zu sein und fühlten sich einander verbunden, fast wie Geschwister einer großen Familie.

Sigmund war der letzte. Er ging mit Herzklopfen ins Nebenzimmer. Der Alte lächelte ihn freundlich an: „Du hast in letzter Zeit viel Neues und, was dein bisheriges Denken angeht, Widersprüchliches erfahren müssen. Das zeigt dir, dass du dein Denken verändern musst, wenn du die Wunder der Welt begreifen willst. Ich gebe dir heute Abend nur eine kleine Denk-Übung mit. Meditiere sie einmal am Tage durch, so intensiv, wie du nur kannst. Sie lautet:

«Die Erde trägt vier großen Naturreiche: die Steine, die Pflanzen, die Tiere und den Menschen.

Aus der Substanz der Steine oder der Erde, der „Materie", bauen Pflanze, Tier und Mensch ihre Leiber auf. Dadurch werden sie sichtbar. Aber ihre Leiber sind ja nicht sie selbst: Auch du sagst zu deinem Leibe nicht „ich", sondern „mein Leib", weil du dich dunkel daran erinnerst, dass du nicht mit deinem Leib identisch bist. Nun musst du lernen zu akzeptieren, dass Pflanze, Tier und Mensch ihrem Wesen nach unsichtbar sind, sich aber eines Leibes aus dem Naturreich der Steine bedienen, um als Erdengeschöpfe sichtbar und handlungsfähig zu werden.

Dein Leben teilst du mit Pflanzen und Tieren. Für die Pflanzen ist das Leben die höchste Errungenschaft auf der Erde. Die Steine haben hier unten kein Leben in sich.

Deine Seele teilst du mit den Tieren. Für sie ist die Seele die höchste Errungenschaft auf der Erde.

Der Mensch aber trägt noch etwas Höheres als Leben und Seele in sich. Er gewinnt dadurch die Fähigkeit zu Erkenntnis und Selbsterkenntnis. Früher wurde das „Geist" genannt, wobei natürlich auch Leben und Seele zum „Geist" gehören.

Durchdringe dich täglich mit dem Gedanken: Wenn ich mich der Wirklichkeit nähern will, muss ich erkennen, dass Menschen, Tiere und Pflanzen ihrem Wesen nach unsichtbar sind, allein ihr Leib ist mit den Sinnen wahrnehmbar.»

Später werden wir diese Gedanken noch etwas umkneten und beweglicher machen müssen; bis dahin mögen sie ein Anfang sein".

Der Alte legte Sigmund eine Hand auf den Kopf, da sah dieser in einem gewaltigen Lichtblitz sein ganzes bisheriges Leben wie in einem bunten Bilderbogen rückwärts aufleuchten, angefangen mit der Party des Abends bis weit in die Vergangenheit zurück. Als er wieder zu sich kam, berührte der Alte mit dem Finger Sigmunds Augen.

Da sah Sigmund einen Teil seines künftigen Lebens vor sich und wie es mit dem vergangenen zusammenhing. Er sah, wie viel ihn in Wirklichkeit mit den Menschen seiner Umgebung verband. Und er sah, wie ihrer aller Schicksalsfäden sich gegenseitig durchdrangen und umschlangen, sich verbanden und wieder lösten und dabei ein himmelhoch weltumspannendes, silbern schimmerndes Gewebe bildeten. Und wie dieses Gewebe in der Sonne funkelte! Etwas Schöneres hatte er nie gesehen.

Bevor sein Bewusstsein zu zerspringen drohte, erblickte er drei Frauen, die das Schicksalsnetz mit kundigen Händen strichen und zupften, flochten und lockerten und dabei geheime Zauberworte sprachen.

Völlig orientierungslos, als wäre er ein anderer Mensch geworden, kehrte er ins Nebenzimmer zurück. Er fühlte sich den anderen auf unerklärliche Weise nahe und tief verbunden. Das empfand er als wunderschönes Erlebnis und war glücklich darüber, aber verstehen konnte er es nicht so recht.

Nachdem sich die Anwesenden eine Zeit lang halblaut miteinander unterhalten hatten, sagte Anja laut: „Ihr Lieben, ich glaube, ich spreche in eurem Sinne, wenn ich sage, dass die Erlebnisse des Abends und der Nacht uns wohl tiefer zusammengeschweißt haben, als Berufsschule, Sportverein oder Tanzstunde es vermocht hätten. Ich möchte euch auch sagen, dass ich sehr froh bin, mit euch befreundet zu sein! Lasst uns diese Freundschaft weiter pflegen, uns gegenseitig helfen und uns schützen gegen das Anbranden jener Einflüsse, die uns von unseren Aufgaben als Menschen des 21. Jahrhunderts abzubringen suchen!"

Alle stimmten ihr von Herzen zu, nickten, klatschten und fühlten sich durch diese wunderbare Gemeinschaft bestätigt und getragen.

Der Zauberer indessen war weg und blieb verschwunden. Im Nebenzimmer aber lagen zwölf Goldringe, eingeschlagen in ein Samttuch mitten auf dem Tisch. Auf jedem dieser Ringe war der Name eines der Anwesenden eingraviert. Der Schmuck wurde verteilt und passte jedem Namensträger wie angegossen an den Ringfinger der linken Hand. Das verwunderte alle. So trug nun, als sie gegen drei Uhr nachts auseinandergingen und nach Hause fuhren, jeder einen Goldring am Finger. Diese Fete in Taisersdorf hat keiner der Teilnehmer je vergessen.

15. KAPITEL

1. JANUAR

Das Telefon läutete und Sigmund schreckte aus tiefem Schlaf auf. Auf der Uhr war es kurz vor 10. Er sprang aus dem Bett und ging ans Telefon.

„Mahler", meldete er sich.

„Fischer. Guten Morgen, Herr Mahler! Hoffentlich habe ich Sie jetzt nicht geweckt! Ich bin der Vater von Peter, den Sie nach dem Unfall im Kaufhaus im Arm hielten. Meine Frau und ich wollten Sie gern für heute Nachmittag zum Kaffee einladen. Wäre das Ok?"

Sigmund nickte, noch nicht ganz wach: „Ja, gern. Wann wäre es Ihnen denn recht?"

„So um halb vier?"

„Wunderbar!"

„Wir wohnen in Bambergen, Zu den Auen 13. Wollen Sie die junge Frau, die Sie uns als „eigentliche Retterin" genannt haben, selbst verständigen, oder können Sie mir ihre Adresse geben?"

„Gern Letzteres. Einen Augenblick, bitte." Sigmund holte den Zettel mit Sveyas Adresse: „Haben Sie etwas zum Schreiben? Ja, also sie heißt Sveya von Freytag, Vor- wie Nachname mit y, und sie wohnt in Owingen, Buchhalde 8, Telefon 07551 – ****".

„Vielen Dank", sagte Herr Fischer, und sie verabschiedeten sich.

Als Sigmund gegen halb vier Uhr in Bambergen die Einfahrt zu den Fischers erreichte, fiel ihm im Rückspiegel ein schneller gelber Wagen auf, der hinter ihm von der Dorfstraße kommend abbog. Sigmund parkte vor dem Haus, da glitt auch schon der gelbe Flitzer neben ihn, und seine Fahrerin öffnete die Tür. Es war Sveya von Freytag.

„Hallo", lachte sie ihn an, „auch zur Laudatio unterwegs?"

Sigmund lächelte: „Raten Sie mal, wo ich gestern auf einer Superfete zu Gast war!"

„Superfete? Das klingt ja fast nach Anja Kretschmer."

„Hej, Sie haben es getroffen! Anja, Yvonne, Sabine, Dorothea und deren Freunde, dazu zwei weitere Paare, von denen ich aber die Namen nicht behalten habe."

„Nett, dass Sie die auch kennen! Ich mag die Clique! Einige von uns kennen sich noch von der Berufsschule her."

„Warum waren Sie nicht eingeladen? Alle schienen Sie dort sehr zu schätzen."

„Anja lädt nur Paare ein. Ich bin Single, daher party-untauglich." Sie lachte.

„Aber Sie hätten gut in den Menschenkreis gepasst", meinte Sigmund.

Sie klingelten an der Haustür. Das Ehepaar Fischer mit dem kleinen Peter hinter sich im Flur öffneten und hießen sie herzlich willkommen. Mit Ausnahme von Sveya waren anfangs alle ein bisschen befangen; sie jedoch sprühte vor guter Laune, und mit ihrer frischen Heiterkeit steckte sie nach und nach die anderen an.

„Wir haben auch Peters Paten, einen alten Freund von uns, zum Kaffee eingeladen", sagte Frau Fischer, „der kommt jeden Augenblick, er wohnt nämlich nebenan."

Die Fischers boten Sigmund und Sveya das Du an und stellten sich dabei als Heiner und Gabriele vor. Es klingelte. Der kleine Peter sagte: „Das ist Joachim" und eilte zur Tür.

Im Wohnzimmer duftete es jetzt intensiv nach Plätzchen und Kaffee, und auf dem Tisch stand ein schönes Zweig-Gesteck mit Kerzen darauf.

„Schließlich ist noch Weihnachten", sagte Heiner, als er Sveyas Blick bemerkte, „und das noch bis 6. Januar."

„Dann bricht die Fastnacht aus", fügte Gabriele hinzu.

„Oh, oh", korrigierte Sigmund, „die begann aber schon am 11.11."

„Ach Gottchen", meinte Heiner, „daran gewöhnt man sich nicht so leicht als Rei'g'schmeckter. Bei uns daheim gab es nur den Fastnachtsdienstag, und das war's dann auch schon."

Seine Frau ergänzte: „Über die Süddeutschen und ihr Narrentreiben konnten wir im Norden nur die Köpfe schütteln: eine ganze Woche lang Fastnacht!"

„Woher im Norden kommen Sie denn?", fragte Sveya.

„Aus HH, Hamburg."

Im Flur hörte man Lachen, dann traten Peter und sein Pate Joachim ins Esszimmer. Sigmund erkannte den Ankömmling sofort: Es war der Mann, mit dem er zusammen das merkwürdige Erdbeben bei Maria im Stein erlebt hatte! Auch der andere erkannte ihn augenblicklich: „Herr Sigmund Mahler! Wohlbehalten?"

„Etwas lädiert, ansonsten schon in Ordnung."

„Also braucht man euch einander gar nicht mehr vorzustellen, ihr kennt euch schon", sagte Gabriele.

„Die Erklärung, wie die Bekanntschaft zustande kam, folgt später", lachte Joachim ihr zu und schüttelte die entgegengestreckten Hände.

„Joachim Balders", sagte Peter glücklich.

„Das ist Sveya von Freytag", stellte Heiner die junge Frau vor, „die dir dein Patenkind erhalten hat."

Einem Impuls folgend umarmte Joachim sie und küsste sie auf beide Wangen. Sveya, die sonst nie verlegen schien, wurde ein bisschen rot.

„Später kommt auch noch meine Mutter vorbei", sagte Gabriele, „die möchte Sie unbedingt kennen lernen."

„Überhaupt", warf Heiner schmunzelnd ein, „sind wir so vielen Freunden, die euch beide wahnsinnig gern kennengelernt hätten, heute die Einladung schuldig geblieben, dass ich mir schon richtig schäbig vorkam. Aber wir wollten ja zum Kaffeetrinken keine Turnhalle anmieten."

Es wurde ein sehr anregender Nachmittag, natürlich vorab mit einem weiteren Bericht der Unglücksvorgänge im Kaufhaus, speziell für Joachim. Viele anregende Gespräche bei Kuchen, Plätzchen und Kaffee folgten. Alle fühlten sich wohl. Sveya war seit Joachims Ankunft etwas stiller geworden, und auch letzterer schien innerlich mit etwas beschäftigt zu sein, da er hin und wieder unauffällig fragende Blicke zu Sveya hinüberwarf, was sie sehr wohl bemerkte.

Um 18 Uhr klingelte es Sturm.

„Nanu, brennt's wo?", murmelte Joachim.

„Das wird Mutter sein", lachte Gabriele, „sie ist cholerisch."

Peter stürmte hinaus und öffnete. Drei gepflegte ältere Damen standen vor der Haustür. Kaum war diese offen, ergriff eine der Besucherinnen das Kind und drückte es an sich.

„Oma, Oma", brüllte Peter.

„Hallo, hallo!", rief die Oma ins Haus, „Gabi? Nicht böse sein, ich habe zwei Gäste mitgebracht!"

Im Esszimmer stöhnte Gabriele auf: „Das ist wieder mal echt Mama." Laut rief sie: „Es sei dir vergeben! Bring sie herein!"

Die drei traten ein, voraus Peters Oma mit dem Jungen auf dem Arm. Gabriele erhob sich: „Darf ich vorstellen: meine Mutter ..."

„Hjördis ist mein Name, ihr dürft mich alle duzen", fiel ihr die Mutter ins Wort. „Entschuldige, dass ich dich unterbrochen habe", fügte sie an ihre Tochter gewandt hinzu. Dann setzte sie den Jungen ab und schloss Gabriele in die Arme. Auch die anderen Anwesenden wurden umarmt, am längsten Sveya, der eine vage Ähnlichkeit zwischen Hjördis Fischer und jener Frau-Holle-Erscheinung zu denken gab, die sie am Weihnachtsabend zu Hause erlebt hatte. Das Bild der Hohen Frau trat ihr dabei wieder deutlicher vor das innere Auge.

Oma Fischer stellte ihre zwei Begleiterinnen als Freundinnen vor und erkundigte sich dann nach Allem und Jedem. Offensichtlich gab es fast nichts, was sie nicht interessierte. Sveya betrachtete sie fasziniert. Das Gefühl, an einem besonderen Augenblick ihres Lebens, einer Art Schicksalsknoten angekommen zu sein, verdichtete sich immer stärker. ‚Man hört plötzlich wieder den Herzschlag des Schicksals', dachte sie, ‚zuerst dieser Joachim, dann diese Hjördis ...'

Sigmund unterhielt sich angeregt mit Joachim und die beiden wurden sich schnell sympathisch. Heiner widmete Sveya besondere Aufmerksamkeit, vielleicht, weil sie so still geworden war.

„Meine Schwiegermutter", sagte er, „ist Wissenschaftlerin, früher von Beruf, jetzt nur noch aus Leidenschaft."

„Was hat sie denn studiert?", fragte Sveya.

„Alles", meinte Heiner lakonisch. „Besonders interessiert hat sie sich allerdings für alte Religionen, Kulturen, Bräuche, Geschichte, Völker und ihre Sprachen. Aber auch ganz Anderes. Ihre Steckenpferde waren, glaube ich, keltische und germanische Mythologie und die alte Anschauung von der Magna Mater, der Großen Mutter der Mittleren Steinzeit."

Sveya wurde hellhörig. „Der Großen Mutter?", fragte sie.

Ungeachtet der lauten Gespräche darum herum schnappte dies wiederum Hjördis auf. „Wer fragt da gerade nach der Großen Mutter?", unterbrach sie ihre Ausführungen und ließ ihren Blick über die Gäste gleiten.

„Ich war das. Mich interessiert das Thema sehr", antwortete Sveya auf ihre Frage, „es beschäftigt mich auch im Zusammenhang mit dem Märchen von Frau Holle."

„Ja sag einmal, Kindchen", strahlte Hjördis sie an, „du bist ja eine richtige Goldmarie!"

Diese Worte bestätigten Sveya einmal mehr, dass ihr Gefühl sie nicht getrogen hatte. Hier begann das Schicksal mit sanfter Hand, an den einzelnen Fäden der Gemeinschaft zu zupfen und dieselben zu verknüpfen. ‚Das Schicksal ist wie ein Harfenist an den Saiten seines Instruments', dachte sie. Sie lächelte der Älteren zu: „Wenn es Ihre Zeit zulässt: In mir finden Sie zu jeder Zeit eine interessierte Zuhörerin."

„Zuerst einmal: Für dich habe ich IMMER Zeit! Sodann heiße ich noch immer Hjördis und bin eine DU, keine SIE …" Da alle lachen mussten, wurde sie in ihrer Rede kurz unterbrochen. „Drittens", setzte sie sich akustisch wieder durch, „fangen wir gleich nachher damit an! Was sagst du dazu?"

Jetzt lachte sie selbst auch.

„Ich folge dir gern, und wäre es bis ans Ende der Welt!", deklamierte Sveya scherzend.

„Ganz so weit haben wir es nicht", meinte Hjördis, „ich wohne schon in Andelshofen, im Kogenbach-Weg 3."

Später war es allen Beteiligten, als habe jeder von ihnen nur auf diesen Tag und diese Begegnung gewartet. Das Interesse aneinander war so stark, dass sie bereits für den folgenden Tag weitere gegenseitige Besuche verabredeten, und als die Gäste um 20 Uhr aufbrachen, waren schon richtig gute Bekanntschaften entstanden.

Joachim fragte Hjördis, ob er mit Sveya zusammen mitkommen dürfe, was Hjördis freudig bejahte. So verabschiedeten sie sich von den Fischers und voneinander, für ein erstes Kennenlernen ungewöhnlich herzlich, als sie zusammen vor das Haus traten.

„Grüße an Sabine!", trug Sveya Sigmund auf, bevor er in den Wagen stieg.

„Danke!", antwortete dieser, „werde ich ausrichten. Gib auf dich acht!"

16. KAPITEL

1. JANUAR

Nach kurzer Fahrt erreichten Sveya und Joachim Andelshofen und den Kogenbach-Weg. Da bog auch schon Hjördis in die Hofeinfahrt ein, ihre beiden Begleiterinnen auf dem Rücksitz. Hjördis stieg aus, schloss die Haustür auf und bat Sveya und Joachim ins Haus. Hjördis' Freundinnen kamen mit. Zu fünft saßen sie dann im Wohnzimmer und plauderten, während vor jedem von ihnen ein Becher Glühwein dampfte.

Eine von Hjördis' Begleiterinnen, Veronika, holte eine Handarbeit aus dem Nebenzimmer und fing an zu stricken; die andere, Helen, angelte sich einen Notizblock aus ihrer Mappe und skizzierte mit Kohlestiften schnell und mit geübter Hand Sveyas Gesicht aufs Papier.

„Darf ich?", fragte sie, nachdem sie schon zehn Minuten daran gearbeitet hatte.

„Ja klar", sagte Sveya und lachte.

„Da der Abend nicht mehr jung ist", leitete nun Hjördis ein, „denke ich, es wäre sinnvoll, wenn ich heute eine kürzere, enger begrenzte Geschichte zum Thema „Frau Holle und die Große Mutter" aussuchte und erzählte, ist das für euch in Ordnung?"

„Für mich, ja", antwortete Sveya und Joachim nickte.

Hjördis begann:

Die Huldr-Saga

Vor vielen Menschenaltern war Huldrs Geschichte noch allgemein bekannt. Die Barden erzählten sie an den Königshöfen und an den Torffeuern der Katen. Christliche Mönche in Island schrieben sie schließlich auf, und das war schon vor über 24 Generationen. Die Geschehnisse, um die es darin geht, reichen in graue Vorzeit zurück. Da trug sich einmal Folgendes zu:

Odhin, der Vater der Asen, ritt mit seinem Sohn Hönir und seinem Blutsbruder Loki durch die Wälder. Er liebte das Umherschweifen, wie er auch die Jagd und den Kampf liebte.

Die drei Götter waren bereits Stunden unterwegs, als sie tief im Wald einen goldenen Hirsch aufscheuchten. Der sprang plötzlich aus einem Dickicht hervor und floh. Ehe noch Hönir und Loki ihre

Pferde antreiben konnten, hatte Odhins achtbeiniges Ross Sleipnir schon die Verfolgung des Wildes übernommen, und Ross und Reiter entschwanden bald den Blicken seiner beiden Begleiter. Der Goldhirsch war schnell, doch hielt er immer gleichen Abstand vor seinem Verfolger. Dabei gelangten Wild und Jäger immer tiefer in die Wildnis.

Der Göttervater achtete jedoch nicht darauf, denn die Jagdlust hatte ihn ergriffen. Er ritt zwischen den Stämmen hindurch, dass diese wie im Sturm rauschten. Gegen Abend ließ der Hirsch den Jäger wieder näher kommen, dann aber sprang er auf einmal in wilder Flucht auf ein Dickicht zu und verschwand dahinter.

Odhin brachte Sleipnir davor zum Stehen, sprang ab und drang zu Fuß ins Unterholz ein. Bald lichteten sich die Stämme wieder, und er gelangte auf eine Waldwiese. Dort erwarteten ihn drei große, schöne Frauen und vertraten ihm sogleich den Weg. Die mittlere, ein herrliches Weib mit langem dunklem Haar und leuchtenden Augen, hob die Hand und richtete mit spöttischem Lächeln das Wort an ihn.

„Heil dir, hoher Ase! Bezähme deine Jagdlust und sei stattdessen mein Gast. Kühle dein männliches Feuer mit einem Trunk von meiner Quelle und genieße ein stärkendes Mahl mit meinen Töchtern und mir!"

Odhin, der wohl merkte, dass er von dem Hirsch hierhergelockt worden war, willigte ein und folgte den dreien in ihre Höhle. Dort erwartete ihn ein reiches Gastmahl. Der Abend ging unter allerlei Kurzweil dahin. Dann bereitete die Gastgeberin für Odhin und sich ein Lager, dieweil ihre Töchter die Nachbarhöhle bezogen. Odhin lag der Schönen bei, und sie verbrachten ihre Zeit mit Scherzen und Kosen. Dazwischen führten sie weise Gespräche über die Geheimnisse der Menschheit, über Zaubersprüche und die Runenkunst. So schnell wie der Abend verflogen war, verging auch die Nacht, und der Morgen nahte mit seiner Dämmerung.

Die Frau gestand, dass sie Odhin herbeigelockt hatte, um ein Kind von ihm zu empfangen.

Odhin lächelte. „Ich weiß", sagte er, „du bist Huldr."

„Oh", erwiderte sie spöttisch, „wie schwer es doch ist, Geheimnisse vor dem alles durchdringenden Blick des Asenfürsten zu wahren!" Odhin verschloss ihr den Mund mit einem Kuss.

Dann sagte der Ase: „Wohl blickt mein Auge weit in die Vergangenheit, doch noch weiter zurück liegt das Geheimnis deiner Abkunft. Erzähle mir, woher du stammst!"

„Wo ich geboren bin", begann die Schöne, „gilt die Abstammung von der Mutter alles, die vom Vater wenig. Meine Mutter entstammte einem alten zaubermächtigen Geschlecht. Sie hieß Magia und war die Königin von Huldamannaland. Meinen Vater lernte sie kennen, als er sich auf einer seiner Reisen in ihrem Land verirrte. Er hieß Rudian der Dicke und stammte aus Riesenland. Meine Mutter und er wurden ein Paar. Er blieb eine Zeit lang bei ihr; dann gab er vor, daheim nach dem Rechten sehen zu müssen und verließ sie. Ob sein Abschied ehrlich gewesen war, weiß ich nicht; doch kehrte er nie in meiner Mutter Land zurück. Diese schenkte zehn Monde später einem Mädchen das Leben, das nannte sie Huldr, und das war ich. Aber meine Mutter grämte sich, weil Rudian nicht zurückkehrte. Zuletzt steigerte sie sich darüber in solchen Zorn, dass sie meinen Vater aus der Ferne durch ihre magischen Künste tötete. Er starb in seinem eigenen Lande, wo ein Felsschlag seine Burg mit ihm und den Seinen in den Abgrund riss. Mich aber setzte die Mutter aus, weil ich sie an meinen Vater erinnerte.

Danach lebte sie nur noch kurze Zeit, denn sie grämte sich zu Tode.

Mein Onkel Gifgas aber, der Bruder meines Vaters, war ein zaubermächtiger Riese. Er erfuhr von dem ausgesetzten Kind. In Drachengestalt flog er nach Huldamannaland und suchte nach mir. Als er mich fand, brachte er mich nach Riesenland in seine Burg. Ich wuchs dort heran und er lehrte mich die Zauberei. Nachdem ich zur Frau geworden war, nahm er mich zum Weibe. Ich schenkte ihm zwei Töchter, Thorgerd und Yrpa, jene beiden, die du gestern Abend kennengelernt hast.

Doch in Riesenland war kein Frieden. Als ich in der Ferne weilte, erschlugen Nachbarn meinen Gemahl. Zwar fürchteten sie meine Zauberkunst und boten mir einen Vergleich an, auch gelobten sie, sich meinem Richterspruch nicht zu widersetzen, aber meine Töchter sind nun vaterlos und daher vielen Gefahren ausgesetzt. Ich habe eine Versammlung einberufen, zu der die Zwerge, Gnomen, Trolle, Huldren, Riesen und alle Arten von Unholden geladen sind. In Hallmundartheithir in Jötunheim wird das Gericht öffentlich tagen. Nun sollte aber in dieser Zeit der Väter-Herrschaft das Urteil von einem Manne gesprochen werden. Dich, Odhin, habe ich hierhergelockt, um deiner zu genießen und um etwas von dir zu erbitten: Fälle du den Richterspruch, zu deiner Ehre und mir als Morgengabe unseres Brautlagers! So stellst du auch meine Töchter unter deinen Schutz!"

Odhin bewunderte die holde Frau ob ihrer Kühnheit und versprach seine Hilfe. Am anderen Morgen schwang er sich auf Sleipnir und ritt gen Jötunheim, indessen Huldr in der Drachenhaut ihres Gemahls zum Gericht flog.

Als sie dort ankamen, waren alle Wesen, die der Erde dienen, schon versammelt. Odhin stellte sich vor den Hochsitz und fällte diesen Schiedsspruch: „Obgleich ich dafür Sorge trage, dass allein die Väter Oberhäupter der Sippen und Völker sind, bestimme ich dies als Ausnahme: Huldr ist und bleibt die Hochkönigin über die hier versammelten Völker der Zwerge, Gnomen, Trolle, Huldren, Riesen und aller Arten von Unholden des Nordlands, die der Erde dienen. – Weiterhin bestimme ich kraft meines Richteramts, dass in Trölladyngja zu Huldrs und meiner Verehrung ein Heiligtum errichtet werde, dem die Königin mit ihren Töchtern vorsteht und an welches jährlich Abgaben zu entrichten sind! – Als Letztes bestimme ich, dass der Mörder von Gifgas, der Riese Swadhi, mit allen Mitverschworenen die heimatlichen Täler verlässt und sich in der Fremde ansiedelt!"

Damit war das Gericht abgeschlossen. Die Wesen der Erde eilten zu ihren Heimstätten zurück. Thorgerd, die ältere der fortan hoch geehrten beiden Töchter, erhielt später die Beinamen „Huldartröll" und „Hörgabruth", doch die Geschichte der Namen aus Huldrs Sippe würde wohl ein ganzes Buch füllen.

Das Kind, das Huldr von Odhin empfangen hatte, wurde ein Junge. Er wuchs zu einem der größten Asengötter heran. Da er während der Herrscherzeit der Väter gezeugt worden war, schloss er sich seinem Vater und dessen anderen Söhnen an und kämpfte sogar gegen die Gesippen seiner Mutter. Ein weiteres Kind, das Huldr von Odhin empfing, war Ostara. Sie war von solcher Schönheit, dass sie nicht einmal den Vergleich mit Freya zu scheuen brauchte! Wer das Geheimnis von Freyas Abkunft kennt, wundert sich freilich nicht darüber, denn auch Freya ist eine Tochter Huldrs.

Das ist die Saga von der Königin Huldr, die Odhin mit einem goldenen Hirsch in ihr Reich gelockt hat. Als Abschiedsgabe nach dem Urteilsspruch schenkte sie ihm die zwei Raben Hugin und Munin. Die flogen fortan immer von Odhin weg zur Erde und wieder zurück nach Walhall, setzten sich dem Göttervater auf die Schultern und flüsterten ihm die Neuigkeiten aus der Erdenwelt ins Ohr. Deshalb wusste Odhin auch über Alles, was dort geschah Bescheid.

Als Hjördis schwieg, war es eine Weile still; nur Veronikas Stricknadeln klapperten. Helen hatte ein wunderschönes Bild von Sveya vor sich im Skizzenblock und ergänzte noch Kleinigkeiten daran.

Joachim, der mit der Geschichte wohl doch nicht viel anzufangen wusste, war mehr wegen der jungen Frau an seiner Seite aufgewühlt. Immer stärker schob sich deren Bild vor jenes der Schönen im Hause hinter Wasser und Feuer. Und, was die Sache noch mysteriöser machte, Sveya schien jener Bertha im Laufe des Abends immer ähnlicher zu werden. Das verwirrte ihn, und daher war er zerstreut und beteiligte sich nur einsilbig an den Gesprächen, als diese wieder einsetzten.

Spät am Abend bedankte sich Sveya „für die schönen Privatstunden", und sie und Joachim verabschiedeten sich herzlich von Hjördis und ihren Freundinnen. Hjördis bot an, am 3. Januar weiteren

„Privatunterricht" zu geben, und Sveya sagte begeistert ihr Kommen zu.

Als Sveya Joachim nach Bambergen zurückbrachte, wurde ihr mit einem Mal klar, dass sie beide mit Geheimnissen zu tun hatten, die in irgendeinem Zusammenhang standen. Warum sie das plötzlich in aller Klarheit sah, wusste sie nicht. Als sie vor Joachims Wohnung hielt, stieg sie kurz mit aus. Sie umarmten sich herzlich, obwohl sie sich erst am Vortag kennen gelernt hatten, dann fuhr Sveya nach Owingen weiter. Joachim aber trat gedankenverloren ins Haus.

Die ganze Nacht gingen ihm dann Bildfetzen der Erlebnisse mit Bertha durch den Sinn. Die Saga, die Hjördis erzählt hatte, bildete einen Brückenbogen von Bertha zu Huldr und von Huldr zu Odhin. Was aber bedeutete diese Ähnlichkeit zwischen dem in seiner Erinnerung verblassenden Zaubermädchen aus der Welt hinter Wasser und Feuer und jener herrlichen Sveya, die neuerdings in seine Alltagswelt getreten war?

‚Sie sind wie Schwestern!', fuhr es ihm durch den Kopf. Die holde Frau an der Furt war zwar etwas älter gewesen … Was für ein Sinn verbarg sich hinter all dem? In welche Mysterien war er hineingestolpert?

Sein letztes Treffen mit Odhin kam ihm in den Sinn. Das hatte er ja gründlich verpfuscht. Ob der Alte ihm gram war?

17. KAPITEL

1./2. JANUAR

Als Joachim in sein Wohnzimmer trat, schreckte er heftig zusammen. Im Sessel vor ihm, das Gesicht abgewandt, saß eine große, dunkle Gestalt.

„Gut, dass du kommst", sagte der Schemen mit wohltönender Stimme und stand auf. Es war Odhin.

„Lass das Licht besser noch aus, bis du dich an mich gewöhnt hast!"

Sie begrüßten sich schon fast wie alte Freunde. Als Joachim den Gast bewirtet hatte, hub dieser an: „Das Wissen um die Mysterien von Mutter Erde ist den Menschen verloren gegangen. Die menschliche Entwicklung machte es notwendig, Götterdämmerung, Not und Elend zu durchleben. Nun gibt es aber Anlass zu neuem Hoffen: Ein kleiner Teil der Menschheit, nur einige Tausend Persönlichkeiten, haben einen Bewusstseinszustand erreicht, dass sie wieder anfänglich mit den Göttern kommunizieren können, ohne dass dadurch ihre Freiheit verloren ginge. Zu ihnen dürfen also Götter wieder sichtbar, wahrnehmbar kommen, wenn sie gerufen werden. So gibt es seit etwa einem Jahrzehnt sogar Menschen, die von Göttern inspiriert, das heißt, besucht und unterrichtet werden. Solches geschah bisher nur sehr vereinzelt, soll sich in näherer Zukunft aber wandeln. Das Gros der Menschen in der sogenannten zivilisierten Welt ist so unsozial – eigentlich müsste ich sagen „unmenschlich" – geworden, dass es Not tut, die Unterrichte von Einzelnen auf Gruppen auszudehnen.

Es gibt hier um diesen See herum etliche moderne Menschengemeinschaften. Einige ihrer Mitglieder ahnen seit längerem etwas von der veränderten Zeitlage und üben sich in neuen unkonventionellen Gemeinschaftsformen, entwickeln ein hohes Maß an Sozialkompetenz und pflegen die Geselligkeit. Andere werden mehr oder weniger bewusst, manchmal auch unbewusst inspiriert und von Göttern oder deren Stellvertretern „betreut".

Sveya zum Beispiel wird von der Hohen Frau selbst in die Schule genommen; sie ist sehr weit entwickelt. Sigmund und die Clique um seine Freundin Sabine werden seit kurzem von mir unterrichtet. Auch Freya und Ostara haben ihre Schülergruppen, desgleichen Freyr und Thor. Die reifsten Menschen, die „Abiturienten" sozusagen, unterstehen Baldr: Sie haben sich durch Fleiß, Selbstzucht und -beherrschung eine hohe natürliche Hellsichtigkeit erworben, die auf ihre Mitmenschen und deren Heil gerichtet ist und sich auch weiter in der Bevölkerung verbreitet.

Sie alle streben danach, Mitmenschlichkeit, Liebe, Verantwortung und Helferwillen zu entwickeln.

Wie du weißt, spricht das Christentum ja auch vom Pflegen der Menschenliebe, hat aber leider das Verständnis von Liebe weitgehend verloren oder nie besessen und ist daher genau so hilflos, wie andere Strömungen vor und nach ihm. Es geht hier aber um etwas völlig Neues. Und zwar um die von wirklich modernen Menschen entwickelte Menschenliebe!"

Er machte eine Pause und sah Joachim erwartungsvoll an, wobei ihm der Schalk aus den Augen blitzte.

Joachim fiel nichtsahnend auf die letzten Worte herein. „Aber die Menschenliebe zu pflegen ist doch so neu nicht, oder?", wandte er ein.

Odhin lachte: „Alle Probleme, die du heute erlebst, sind auf das Fehlen derselben zurückzuführen. Liebe hat nichts mit Seelenschmus zu tun und auch nichts mit „Affenliebe", außerdem ist sie niemals passiv. Sie ist ein Abenteuer, ein Mysterium, ein fremder neuer Erdteil, den heutige Menschen noch kaum erfasst haben und nur schwer begreifen können. Lass mich dir kurz darstellen, was moderne Liebe bedeutet und wie man sich ihr nähern kann. Du wirst dich wundern!

1. **Aufgabe an dein Denken:** Du setzt alles daran, deine Mitmenschen besser kennen zu lernen und zu verstehen: gestaltlich, gesundheitlich, bezüglich ihrer Interessen, Fähigkeiten und Fertigkeiten, sodann seelisch, geistig, biographisch ... Das Rätsel Mensch wird dir dabei zum innersten Anliegen und Abenteuer. Was sich dir als einzelne Sinnes-Erscheinungen zeigt, muss dein Denken vorurteilsfrei zu Bildern ordnen. Interpretiere nichts hinein, sondern lasse die Erscheinungen sich selbst aussprechen und erklären. So forsche dem Geheimnis Mensch nach! Du kannst sicher sein, dass du schon hierbei so viele Überraschungen erleben wirst, dass dir davon schwindeln wird!

2. **Aufgabe an dein Fühlen:** Übe dich darin, deine Gleichgültigkeit gegenüber anderen abzustreifen. Könnte es nicht sein, dass der Fremde, dem du heute „zufällig" begegnet bist, schicksalsmäßig mit dir zu tun hat? Deine göttliche Heimat ist auch die seine – deine Herkunft womöglich auch? Mutter Erde gab ihm wie dir den Leib aus ihrer eigenen Substanz, der Materie. Weißt du, ob nicht gerade er dir eines Tages das Leben retten wird? Oder einst, in ferner Vergangenheit gerettet hat? Der andere ist immer liebenswert – liebst du ihn nicht, so einzig aus dem Grunde, weil du zu wenig über ihn weißt, zu wenig für ihn empfindest und zu wenig für ihn getan hast! Die Großartigkeit des anderen erschließt sich dir erst, wenn du zum Beispiel die Gelegenheit hast, ihn in schöpferischer Tätigkeit, persönlich engagiert zu erleben.

3. **Aufgabe an dein Wollen:** Mensch-Sein will gepflegt sein, wie ein Haus, das frisch gebaut ist: Pflegst du es nicht, zerfällt es alsbald. Du musst zunächst die Menschen, die dir am Herzen liegen – keine Sorge: die anderen kommen auch noch dran – zweimal täglich in deine Seele hereinbitten: Lasse sie vor deinem inneren Auge vorbeiziehen. Dabei stellst du dir die jeweilige Persönlichkeit bildlich und ihrem Wesen nach ganz exakt und immer genauer vor und sagst ihr: „Ich will mitwirken, dass du auf Erden einen verborgenen treuen Freund und Helfer zur

Seite stehen hast! Ich will mitwirken, dass du dich so entwickeln kannst, wie du es dir vornahmst, bevor dich dein Leib umschloss! Ich will mit deinem Schutzgeist oder Schutzengel zusammen für dich da sein!" Das sagst du jeden Abend, indem du dir jene Menschen, mit denen du zu üben anfängst, eine kleine Zeit lang einzeln vornimmst. Im Osten nannten sie das früher Meditieren".

Joachim wurde unruhig. Als Odhin schwieg, fragte er: „Und wenn ich jetzt hundert Bekannte, Freunde, Verwandte oder mehr hätte?"

„Mehr als 24 zu bedenken, halte auch ich für Hochstapelei. Mache einen Anfang mit dreien bis fünfen. Sind sie dir erst ans Herz gewachsen, wendest du dich zusätzlich anderen zu. Das alles gedeiht erst richtig mit dem Tun."

„Danke. Entschuldige, ich unterbrach dich bei der Belehrung!"

„Gut, dann fahre ich fort", nickte der Ase.

„So, wie du abends deine Mitmenschen liebevoll bedenkst, so machst du das auch morgens, nur kürzer, und bittest dann den jeweiligen Schutzgeist oder -engel, dass er dir beistehe, seinen und deinen Schützling richtig zu fördern und ihm eine wirkliche Hilfe zu sein!

Das alles geht im Geheimen vor sich, über die Inhalte wird nie gesprochen! Die Form dieses Tuns darfst du auch nur an absolut Vertrauenswürdige weitergeben. Und stelle nie an einen anderen Menschen stille Erwartungen – außer an dich selbst! Hüte dich vor Sektierertum! Daran kranken schon so viele weltanschaulich oder religiös gefärbte Gemeinschaften!

So, lieber Joachim, und nun solltest du mir noch die an dieser Stelle fast zwingend notwendige Alltagsfrage stellen. Ich bin ganz Ohr."

Odhin schwieg, und Joachim musste lachen. „Gut", sagte er, „aber nur, weil du das von mir erwartest: Was hab ich davon, wenn ich das alles tue?"

„Sehr schön", sagte Odhin, „ich sehe, du hast mich durchschaut. Was du also davon hast?

Du wirst erstmals in deinem Leben das Abenteuer menschlicher Gemeinschaft kennen lernen! Du wirst Sachen erleben, von denen du dir nie hättest träumen lassen! Du wirst in Geheimnisse eindringen und Dinge wahrnehmen, die dir höchstes Glück, aber auch tiefsten Schmerz bescheren werden! Du wirst als lebendige Erfahrung gewinnen, dass das Dasein auf Erden ein Wunder und das Mensch-Sein ein Mysterium ist, ein offenbares und doch ein tiefes Geheimnis!

Und wenn du sehr begabt bist, wird sich dir vielleicht auch eines der größeren Geheimnisse deines Menschseins erschließen. Nimm dir Zeit für das Abenteuer Mensch, für das Menschen-Finden, das Mensch-Werden und das Abenteuer Gemeinschaft! Es verbirgt sich unendlich viel dahinter."

Joachim war es, als habe er beim Hereintreten ins Wohnzimmer eine Gestalt im Dunkeln gesehen. Er war zusammengefahren und hatte einen leisen Schrei ausgestoßen. Jetzt knipste er schnell das Licht an und sah zu dem Sessel hinüber, doch darin saß niemand. Er blickte sich um.

Auf dem Tisch lagen zwei goldene Ringe auf einem grünen Samttuch. Er ging hin und nahm sie in die Hand. Da sah er, dass auf ihrer Innenseite je ein Name eingraviert war. Auf dem einen Ring las er innen „Joachim", auf dem anderen „Sveya".

Er erschrak über die leichte Austauschbarkeit von Traum und Wirklichkeit und spürte, wie er bezüglich „wirklich" und „unwirklich" den Boden unter den Füßen verlor.

18. KAPITEL

3. JANUAR

Am 3. Januar rief Sveya nachmittags bei Joachim an: „Hallo, Joachim! Hier Sveya. Um acht sind wir bei Hjördis eingeladen, weißt du noch? Kommst du auch?"

Joachim rang mit sich; einerseits hatte ihm Hjördis' Vortrag nicht so viel bedeutet wie Sveya, die schon mehr über die „Große Mutter" wusste. Andrerseits – nun ja – da war eben diese Sveya. Und darüber hinaus fand er Gefallen daran, die verschiedenen Menschengruppen aufzusuchen und seine Biografie, wenn möglich, mit den ihren zu verbinden – das hatte er als stilles Anliegen aus den Erlebnissen der letzten Nächte mitgenommen.

„Gern. Ich komme mit", antwortete er.

„Fein", sagte Sveya, „ich hole dich kurz vor acht ab, ok?"

„Gern, danke. Bis dann."

Um die vereinbarte Zeit kam Sveya auf den Hof gefahren. Da sie im Wagen sitzen blieb, konnte Joachim sie nicht umarmen. So beugte er sich vom Beifahrersitz zu ihr hinüber und küsste sie auf die Backe.

„Vielen Dank!", sagte er.

Sveya errötete ein bisschen.

„Sveya", nahm Joachim nach kurzem Besinnen Anlauf, „ich habe da einige Gedanken und Vorstellungen und seit kurzem auch einige Erlebnisse, die ich gern mit dir besprechen würde. Ich habe in letzter Zeit Dinge erlebt, die mir zu schaffen machen. Und ich habe das Gefühl, dass du aus einem ähnlichen Grund vielleicht die einzige bist, die mich verstehen und mir bei manchen Dingen Rat geben könntest. Umgekehrt bin auch ich immer bereit dir zu helfen, wenn irgendwo der Schuh drückt."

„Das kommt jetzt überraschend", meinte Sveya, „aber, gern, natürlich hör ich dir zu. Wie kommst du darauf, dass ich „Dinge erlebt" haben könnte?"

„Ist nur so ein Gefühl", murmelte Joachim.

Sveya blickte kurz zu ihm hin. „Du hast recht, es gibt da *solche Dinge*. Und wenn wir in gegenseitigem Vertrauen darüber reden wollen, sollte das ohne weitere Zuhörer sein, ja?"

„Sowieso, das finde ich auch."

Sveya lenkte den Wagen in die Einfahrt und parkte vor dem Haus. Der ganze Hof stand voller Autos. Sie stiegen aus. Hjördis öffnete die Haustür und rief: „Erschreckt nicht. Wir haben noch ein paar Gäste mehr."

„Zehn Autos", nickte Joachim.

„Multipliziert sie mit zwei, und ihr kennt die ungefähre Anzahl der Gäste", lachte Hjördis, „sorry, das ergab sich irgendwie so. Und ich dachte, es schadet keiner der beiden Seiten, wenn ihr euch mal kennenlernt. Keine Angst übrigens, nicht alle meine Gäste gehören dem Club der Greise und Greisinnen an, so wie ich mit meinen 64 Lenzen."

Sveya und Joachim wurden ins Wohnzimmer geführt. Eine bunte Schar von jüngeren und älteren Leuten quirlte dort in Gesprächen um ein Büfett herum, auf dem Speisen und Getränke standen.

„Sehen aus wie Anthros", flüsterte Joachim seiner Begleiterin zu.

„Sehen Anthros so aus?", flüsterte Sveya zurück.

Dann mussten sie sich beide das Lachen verkneifen.

Als die Gäste ihren ersten Hunger gestillt hatten, stieg Hjördis auf einen Stuhl und klopfte mit einem Messer an ihr Glas. Schnell wurde es still.

„Liebe Anwesende", redete sie die Gäste an, „ich hatte einigen von euch schon erzählt, dass mir mit Sveya von Freytag so eine liebenswerte Zeitgenossin begegnet ist, die nicht nur meinem Enkel das Leben gerettet hat, sondern die auch von ihren Interessen her – so wenig ich davon bisher auch kenne – zu unserem Klub zu passen scheint!"

Ein kräftiger Applaus brandete auf, den Sveya mit einer leichten Verbeugung und ihrem bezaubernden Lächeln entgegennahm. Hjördis fuhr fort, nun stärker an Sveya gewandt.

„Wir beschäftigen uns seit Jahren mit der Großen-Mutter-Gottheit, mit ihrer Religion und deren Spuren in späteren Religionen, Anschauungen und Bräuchen. Sveya zeigte vor zwei Tagen Interesse an diesem Themenkreis, daher will ich heute Abend in meinen Ausführungen einen weiten Bogen schlagen zwischen ferner Vergangenheit und Gegenwart, beziehungsweise zwischen Großer Mutter, Mutter Erde, Frau Holle und dem Brauchtum in einigen Gegenden Deutschlands, wie es sich bis in die heutige Zeit erhalten hat. Dazu nehmt doch bitte alle Platz, und spart das Essen und Trinken für danach auf; ihr werdet es brauchen!"

Die Anwesenden lachten höflich, soweit sie das als Scherz aufgefasst hatten, und setzten sich auf die vorhandenen Stühle, Sessel und die Chaiselongue. Sveya und Joachim saßen eng nebeneinander.

Hjördis' Vortrag

„Lange bevor die patriarchalisch orientierten Religionen der Indo-Europäer den alten Kult und die Heiligtümer und Bräuche der Mutter-Religion verdrängten, wurde die Dreieinige Mutter in Europa und Teilen Asiens und Afrikas als zentrale Gottheit verehrt. Sie war Liebes- Fruchtbarkeits- und Todesgöttin zugleich. Tempel und ähnliche Bauten, Steinsetzungen und künstliche Hügel, Zeichnungen auf Höhlenwänden, größere Plastiken und Zehntausende kleiner Figuren künden von der gewaltigen Verbreitung dieser Weltanschauung. Ihre Kultstätten finden sich oft auf Inseln und meistens an Gewässern, an Küsten, Flüssen, Seen, Quellen oder Brunnen.

Im Zeichen des Mondes, der Venus oder der Sonne regierte sie ebenso über die Gezeiten des Meeres, wie über den Zyklus des weiblichen Organismus; über Leben, Tod und Wiedergeburt, wie über den Lauf der Jahreszeiten und die Fruchtbarkeit der Erde und ihrer Naturreiche.

Die Große Mutter war eine dreieinige Gottheit; sie war

- die Braut oder jungfräuliche Jägerin, auch die Weiße Göttin genannt,

- die Mutter oder Herrin, auch die Rote Göttin genannt, und

- die unheimliche Alte oder Ahnin, auch die Schwarze Göttin genannt.

Ihre drei Gesichter oder Aspekte brachten die Jahresdrittel hervor, die sie regierte:

- die Braut den Frühling und Frühsommer mit März, April, Mai und Juni;

- die Mutter den Sommer und Frühherbst mit Juli, August, September und Oktober;

- die Alte Herbst und Winter mit November, Dezember, Januar und Februar.

In verschiedenen Gebieten Europas findet sich noch ihr Bildnis in Gestalt eines steinernen Kopfes mit drei Gesichtern, dessen mittleres dem Betrachter zugewandt ist, während die beiden äußeren nach links und rechts schauen. Hier am Bodensee hieß unsere gute Frau Holle nicht Perchta, sondern Bertha, Baitha oder Betha. Dementsprechend war der Stein, der hier gefunden wurde, ein Baithenstein. Einige Orte tragen ebenfalls ihren Namen, Baitenhausen, Betenbrunn und Bettenberg entsprechend den bayerischen Orten Berchtesgaden und Berching, die sich an der alpenländischen Sprachvariante Perchta orientieren.

Die Braut trägt ihr weißes Brautkleid aus Licht und ist geschmückt mit Frühlings- und den frühen Sommerblumen. Sie bringt Lust und Freude in die Welt. Sie hütet die Mysterien der Schönheit und der geschlechtlichen Liebe.

Die rot gewandete Mutter ist die große Spenderin und Erhalterin allen Lebens. Sie schenkt Wärme und Fruchtbarkeit, sie spendet die Gemüse, Salate, Früchte und Sämereien, also alle Nahrungsmittel für Mensch und Tier. Sie hütet die Mysterien des Lebens und der mütterlichen Liebe.

Die schwarz verschleierte Alte bewahrt die Geheimnisse von Leben, Tod und Wiedergeburt. Sie ist die große Erzieherin, sie lobt, tadelt und straft und waltet als gefürchtete Schicksalsmacht. Sie hütet die Mysterien der Erde und der göttlichen Liebe.

Im Tageslauf regiert die Braut den achtstündigen Zeitraum von ca. 5 Uhr morgens bis 13 Uhr mittags. Die Mutter schließt sich mit ihrer achtstündigen Herrschaft bis zum Spätabend um etwa 21 Uhr an. Dann folgt die Alte ebenso lange, bis etwa 5 Uhr am frühen Morgen des Folgetags. Auch im Tages- und Jahreslauf hat die Alte es also mit Ende und Neubeginn der Zyklen zu tun.

In der germanischen Mythologie, und auf diese will ich mich heute beschränken, herrschten die Väter, die Männer und die männlichen Götter. Doch diese Mythologie hatte durchaus noch Berührungspunkte mit den Anschauungen aus der Mütterzeit, die sich in ihr niederschlugen. Ein Beispiel dafür sind die drei Nornen, auch sie Regentinnen der Zeit, Spinnerinnen des Gedanken-, Lebens- und Schicksalsfadens und beheimatet am Quell des Lebens. Hier heißt er „Urds Brunnen" und liegt an einer der Wurzeln des Lebensbaums Yggdrasil.

Lauscht man den drei Aspekten der Mutter-Gottheit nach, so finden sich in den drei germanischen Göttinnen Freya, Ostara und Idun deutliche Spuren der Braut wieder. Ebenso kann man fündig werden, wenn man Frigga, Nerthus, Huldr und Jörd mit der Mutter vergleicht. Und weiterhin zeigen sich Parallelen zwischen Hel und Huldr und der Alten.

Ich muss das erwähnen, weil aus der germanischen Mythologie wiederum unsere eigene Kultur mit vielen alten Anschauungen herausgewachsen ist. Auch unsere Märchen- und Sagenwelt entstammt ihr ja zum größten Teil.

So findet sich bis heute, leider nur noch in einem einzigen Märchen der Brüder Grimm namentlich erwähnt, die Gestalt der Frau Holle. Wir wissen, dass es mit ihr als Hauptgestalt Dutzende von Märchen gab, dazu Hunderte von Sagen, Liedern, Gedichten, Sprüchen, Auszählreimen und Sprichwörtern. Ein bedeutender Forscher des 19. Jahrhunderts, Jakob Grimm, der Begründer der germanistischen Altertumswissenschaften, der germanistischen Sprachwissenschaft und der deutschen Philologie, nennt Frau Holle „die bedeutendste volksmythologische Gestalt unserer Märchen, Sagen, Gedichte, Lieder und Bräuche." Dargestellt wird die Hohe Frau auch oft im Zusammenhang mit Spindel oder Spinnrad und Rocken und mit vielen kleinen Kindern, den „Heimchen", welches die Seelchen derer sind, die im Folgejahr zur Welt kommen.

Ein anderer Wissenschaftler, Karl Paetow, sammelte zu Beginn des 20. Jahrhunderts alle dazumal noch verfügbaren Holle-Märchen und -Sagen in Hessen, andere Forscher hielten das in Ostpreußen lebendig gebliebene Kulturgut fest. Einige dieser Schätze sind also „gerettet" worden, allerdings nur um jetzt in den Archiven zu verstauben.

Nun fällt auf, dass viele Holle-Sagen mit den Worten beginnen: „Frau Holle, die man auch Frau Perchta nennt …" oder umgekehrt: „Es war wieder Berchten-Abend, den das Volk auch den Frau-Hollen-Abend nennt …" So und ähnlich.

In Bayern und Österreich sind heute noch in einigen Berggegenden die „Perchtenläufe" gebräuchlich. Da ziehen vermummte Schreckgestalten durch die Dörfer und treiben allerhand Schabernack. In den Volkssagen wird Frau Perchta zumeist als altes Mütterchen dargestellt, oft hilfsbereit und gütig; manchmal streng, tadelnd oder gar strafend, gelegentlich auch böse als „schiache Percht" und immer wieder auch als Spinnerin.

Ebenfalls im Alpenland findet sich eine dritte Gestalt neben Holle und Perchta, die Lutzelfrau oder Heilige Luzie. Sie hilft gegen „Trug, Zauber und Teufelswerk" und es gibt sogar magische Sprüche, um ihre Hilfe zu erbitten."

„Kannst du uns ein Beispiel dazu nennen", fragte eine der jüngeren Frauen vom Sofa her. Hjördis nickte und rezitierte:

> „Vor Drudendruga, Hegsnhoagsen,
> Daifisbroazen, Zauwrafoagsen
> Bschitz mich d' halche Luzie
> Bis ich muaring früh oafsteh!"

Die Anwesenden stellten fest, dass sie das Dargebotene beim ersten Hören gar nicht ganz verstanden hatten, daher musste Hjördis denselben Spruch noch zweimal wiederholen. Das tat sie dann auch geduldig. Danach fuhr sie fort:

„Eigenartigerweise entstand in Schweden vor wenigen Jahrzehnten ein ganz neuer Luzienbrauch, der diese Luzia als Lichterbraut darstellt. Mit der Lichterkrone auf dem Haupt, wie wir es von manchen alten Perchten-Darstellungen kennen, tritt sie vor dem ersten Licht des Tages in die Häuser und Stuben, singt ihr Lied oder ihre Lieder und verteilt ein spezielles Gebäck. Oft tritt sie im Gefolge ihrer Lichter-Jungfrauen auf, in manchen Gegenden auch zusammen mit einer Schar von Stallknechten um deren Anführer „Staffan". Dann wechseln bei Umzügen zwei Lieder einander ab, das „jüngste und das älteste Lied Schwedens", das Luzienlied und die Staffansweise.

Dass unser Weihnachtsfest älteren Ursprungs als das Christentum ist, wisst Ihr ja alle. Erst im Jahre 354 n. Chr. wurde Christi Geburtstag von den Kirchenvätern auf die Nacht vom 24. zum 25. Dezember gelegt. Um 200 n. Chr. heißt es in einem griechischen Kalender zum 25. Dezember noch: „Geburtstag der Sonne, das Licht nimmt zu"; da wurde Christi Geburtstag noch zwischen 20. April und 20. Mai vermutet. In anderen Kalendern, und zwar von Britannien bis Böhmen und vom Norden bis in den Süden, heißt die Nacht vom 24. auf den 25. Dezember einheitlich „Mutternacht" oder „Mütternacht", und das bezieht sich nicht auf die Mutter Maria, sondern eindeutig auf die Große Mutter. Das steht deswegen fest, weil andere alte Kalender dieselbe Nacht als „Hollennacht" bezeichneten. Heute gibt es ja immer noch eine Hollennacht, nun aber nach hinten verschoben, die Nacht zwischen 28. und 29. Dezember.

Unsere Weihnacht oder das ältere Yulfest haben ihren Ursprung in einer Vergangenheit, die von den Anschauungen der Großen-Mutter-Religion noch stark mitgeprägt war. Wer die Sache genauer untersucht, kommt sogar zu dem Ergebnis, dass Weihnachten oder Yul eigentlich DAS Fest der Mutter ist, das kann ich in einem anderen Referat gelegentlich gründlicher ausführen. Für heute Abend halten wir fest, dass sich ein weiteres, recht unbekanntes Weihnachtsgeheimnis in dieser an Geheimnissen reichen Zeit verbirgt. Es wird durch die früheren Tages-Namen in alten Kalendern offenkundig:

Da kommen wir am 12./13. Dezember auf **Santa Lucia**, die weißgewandete Lichterbraut, die das Licht zurückbringt. Ihr Datum leitet die 13 „Dunkel- oder Sperrnächte" ein, an deren Ende die Mütternacht vom 24. auf den 25. Dezember steht, wo uns **Frau Holle**, die Mutter mit den tausend und abertausend Heimchen entgegentritt. Diese Nacht ist zugleich der Beginn der 13 „Heiligen Nächte oder Rauhnächte", die vom 5. auf den 6. Januar von der Perchten-Nacht abgeschlossen werden und in der **Frau Perchta** als Alte in Erscheinung tritt. So ist das zentrale Fest der Mutter, die Weihnacht, von jeweils 13 Nächten davor und dahinter flankiert, und diese werden wiederum von den beiden anderen Mutter-Aspekten begrenzt: Die Dreieinige hat so ihr Heiligtum unerkannt in der heutigen Zeit errichtet und regiert die Nächte um die Heilige Nacht herum im Geheimen."

Ein herzlicher Applaus der Anwesenden belohnte ihre lebendige Darstellung. Hjördis lächelte und nickte dankbar zu den Gästen hin.

„Und jetzt bitte ich euch, dass eventuelle Fragen einzeln an mich gerichtet werden, dieweil die anderen sich dort drüben endlich stärken können." Sie wies auf das Büffet. „Ich halte mich im offenen Nebenzimmer für euch bereit. Wer heim muss, kann sich auch gern jederzeit ausklinken."

19. KAPITEL

3./4. JANUAR

Sveya, der Joachims Nähe wieder bewusst wurde, fragte leise: „Hast du das, was sie da erzählt hat, gewusst?"

„Nein", antwortete Joachim, „ich kenne nicht einmal die Namen jener Tage oder Nächte, die sie erwähnt hat. Du?"

„Ich, was?", fragte Sveya.

„Ob du etwas davon kanntest?"

„Nur die Namen", gab Sveya zu. „Du, Joachim, jetzt, da Hjördis wohl für eine Weile belagert sein wird, fände ich es besser, wir würden uns verkrümeln. Lieber frage ich sie ein anderes Mal über Details aus, die ich wissen will. Wie steht's mit dir?"

„Voll einverstanden", antwortete Joachim, „hast du noch kurz Zeit? Ich wollte dir etwas erzählen, und dann muss ich dir auch noch etwas geben."

Sveya lachte: „Du machst mich neugierig. Ist das ok, wenn wir kurz bei mir hereinschauen? Ich habe aber nicht aufgeräumt."

„Als wenn mich das abschrecken könnte!", erwiderte Joachim und lachte ebenfalls.

Sie fuhren über die L 195 am Andelshofer Weiher vorbei nach Owingen. Dort kurvte Sveya in die Buchhalde hinein und vor ihre Wohnung. Als der Wagen hielt, war es sehr still. Sie stiegen aus. Sveya schloss die Haustür auf und führte Joachim in den 1. Stock hoch. In ihrem Wohnzimmer war es gemütlich, aber ziemlich kalt. „Komm", sagte Sveya, „wir ziehen in die Küche um, da ist es wärmer."

Als sie sich an dem kleinen Esstisch gegenübersaßen, begann Joachim: „Ich springe einmal mitten in die vorhin angedeutete Geschichte hinein, damit ich bald zu meinem Anliegen und auch meinen Fragen kommen kann.

Mein Leben war bisher völlig unauffällig und ziemlich mittelmäßig; das war mir selbst kaum bewusst, deswegen hat es mich auch nicht sonderlich gestört. Doch seit letztem 13. Dezember ist das alles auf verrückte Weise anders geworden. Ich hatte da gleich mehrere Erlebnisse, die mir, wenn ich davon erzählen würde, keiner abnähme, deshalb kann ich kaum darüber sprechen. Auch weiß ich nicht, ob ich die Dinge, die ich erlebt habe, überhaupt erzählen darf … Ich fühle mich seither wie paralysiert, und stehe auch zu den Menschen meiner Umgebung irgendwie anders." Er machte eine Pause.

Sveya half ihm vorsichtig: „Du weißt nicht genau, wie du da herangehen sollst und was du davon erzählen darfst, so ist es doch, oder?"

„Ja", antwortete er. Er stützte die Ellbogen auf den Tisch und legte die Stirn in die Hände. „Es geht auch darum, dass sich unsere gesamte Zeit so stark verändert hat: Die sogenannte Kultur geht irgendwie verloren, als Ersatz biedert sich eine Scheinkultur an, und weil jeder nach Kultur hungert, greift man halt zum Ersatz, ob er satt macht oder nicht. Das Surrogat stumpft aber weiter ab und verlängert den ohnehin schon langen Weg zu einem Neubeginn …"

„Sehe ich ähnlich", nickte Sveya.

Joachim fuhr fort: „Nun gibt es seit einiger Zeit anscheinend mehr und mehr Menschen, die durch besondere innere Erlebnisse quasi wachgerüttelt werden, um der schrägen Entwicklung oder anders: der Stagnation, etwas Besseres entgegenzusetzen, frag mich nicht,

„Ein Erdbeben, ob du's glaubst oder nicht. Doch schienen nur er und ich dasselbe mitbekommen zu haben. Dabei waren wir stocknüchtern!"

„War das, was du jetzt erzählt hast, alles, was du auf dem Herzen hattest?", fragte Sveya.

Joachim errötete. „Nein", antwortete er, „da gab es zwei Erlebnisse, die mir noch mehr zu schaffen machen als das bisher Erzählte. Sie hatten auch in irgendeiner Art mit Mutter Erde zu tun, aber das weiß ich erst seit Hjördis' Ausführungen über die drei Gesichter der Großen Mutter. Es waren Erlebnisse mit der Weißen Göttin, also der Braut, und später mit der Mutter, der Roten Göttin, doch ich verstehe sie beide nicht und kann sie überhaupt nicht einordnen! Und", Joachim stockte, „sie haben auch mit dir zu tun."

„Bitte erzähl mir davon", bat Sveya.

„Erinnerst du dich an den goldenen Hirsch in der Huldr-Saga", begann Joachim, „der Odhin zu Huldr brachte?"

Sveya nickte.

„Gut. Mein Hirsch jedenfalls war weiß, trug aber ein goldenes Geweih. Er benahm sich nicht anders als andere Hirsche, darum folgte ich ihm bei einem meiner Waldgänge. Ich konnte nicht akzeptieren, dass er weiß war und dieses goldene Geweih trug, deshalb jagte ich ihm den ganzen Tag hinterher. Ich verlor völlig die Orientierung und geriet in Gegenden, die dort gar nicht sein können, wo sie waren. Das Tier, zunächst ein Hirsch, später eine Hirschkuh oder ein Reh, brachte mich zu einem Haus „hinter Wasser und Feuer", wo eine junge Frau mich willkommen hieß. Sie nannte sich Bertha und – ich glaube, auch Hulda. Aber diese Namen sagten mir noch nichts."

„Weißt du noch, wie sie aussah?", fragte Sveya.

„Ja", Joachim nickte. „Ich mache jetzt keine Scherze: Sie sah aus wie du, Sveya! Sie war dir unglaublich ähnlich! Sie hätte deine Schwester sein können."

Sveya hielt für einen Moment die Luft an und atmete jetzt sehr schnell.

„Und was war das mit Wasser und Feuer", fragte sie nach.

„Das ist am schwersten zu beschreiben", antwortete Joachim. „Ich war schon Stunden in einer mir wildfremden Gegend hinter dem Hirsch oder Reh her, als ich zu einem Felsenband gelangte, das auf seiner einen Seite von einer flammenden Tiefe, auf der anderen Seite von einem schmalen Abgrund flankiert war, hinter dem steil eine andere Felswand emporstieg. Von letzterer stürzte ein riesiger Wasserfall an dem Steg vorbei in den Abgrund hinab. Das Erlebnis von zugleich Feuer und Wasser war unbeschreiblich!"

„Und was war mit dem Steg zwischen beiden?", fragte Sveya weiter.

„Der wurde mein Weg."

In dieser Nacht blieb Joachim bei Sveya.

20. KAPITEL

4. JANUAR

Anja rief Sigmund am späten Vormittag an: „Hej, Sigmund, hier ist Anja. Wie geht's dir?"

„Hallo und danke, mir geht es gut."

„Könntest du mit Sabine so um 7 Uhr heute Abend zu mir kommen? Ich habe alle Ringträger von der Silvesterfete noch einmal eingeladen, eh meine Eltern übermorgen zurückkommen. Wir sollten uns vielleicht klar darüber werden, was wir von den Erlebnissen halten, die wir da gemeinsam hatten; und, vor allem, wie wir weiter damit umgehen sollen. Oder wie siehst du das?"

„Klasse, Anja", sagte Sigmund, „du bist ein Schatz! Ich habe mir in der Zwischenzeit ähnliche Fragen gestellt. Dank deiner Initiative schläft uns die Sache wenigstens nicht aus Laschheit oder mangels Eigeninitiative ein. Dank dir, echt!"

„Fein!", sagte Anja. „Da ist allerdings noch etwas Merkwürdiges: Sveya, von der wir auf der Fete kurz gesprochen hatten, rief mich heute Nachmittag an. Sie und Joachim haben, auf eine ähnlich mysteriöse Art wie wir, zwei Ringe erhalten, in welche ihre Namen eingraviert sind. Diese Ringe sehen genau aus wie die unsrigen. Sveya ist sich dessen ganz sicher, weil sie einen von uns mit dem Ring am Finger gesehen hat."

„Das ist doch nicht möglich!", rief Sigmund aus. „Von wem haben sie die denn bekommen?"

Anja antwortete: „Sveya wollte das nicht sagen. Sie sprach von einem großen Unbekannten, der Joachim nach bedeutsamen Gesprächen unter vier Augen und einem höchst eigenartigen Verschwinden die Ringe zurückgelassen hatte. Jo fand sie kurz darauf auf dem Tisch seines Wohnzimmers liegen. Er gab Sveya ein- oder zwei Tage später den ihren, und ich habe so das Gefühl, irgendwie gehören die beiden damit auch zu uns."

„Da hast du sicher recht", pflichtete Sigmund ihr bei.

„Ich hatte das Empfinden", fuhr sie fort, „dass die beiden dick was miteinander haben; ich kann so etwas riechen."

„Ach ja?", antwortete Sigmund höflich.

„Ok", sagte Anja, „grüß einstweilen Sabine von mir! Und dann sehen wir uns heut Abend, ja?"

„Ja, fein. Bis heute Abend!"

Sie legten auf. Tief in Gedanken setzte Sigmund sich in einen Sessel.

Um 7 Uhr abends wurde Anjas Haus wieder einmal voll. Zusätzlich zu den fünf Paaren, die an Silvester eingeladen gewesen waren, tummelten sich drei neue, nicht ganz unbekannte Paare um den Tisch mit den Getränken und dem Essen herum und unterhielten sich mit den anderen.

Wieder hielt Anja eine kleine Ansprache: „Hallo, ihr Lieben, und herzlich willkommen! Ich brauche die Dinge, die wir an Silvester erlebt haben, nicht zu wiederholen; Babs, Rick, Rhea und Philipp haben sie von Friederike und mir ausführlich erzählt bekommen und wissen daher fast mehr, als die, die es selbst erlebt haben. Sveya weiß darüber von Sigmund und Joachim von Sveya. So sind wir alle auf etwa dem gleichen Kenntnisstand.

Einige von uns hatten die Befürchtung, dass, wenn wir jetzt nicht aktiv werden und uns Gedanken machen, wie wir mit den Erlebnissen umgehen wollen, dass dann die Begeisterung für diese unglaubliche Herausforderung und dieses neue freundschaftliche Interesse aneinander schnell wieder verblassen könnten. Am Ende bliebe nur eine vage Erinnerung, so in der Art: „Da war doch mal was ..." Wir wollten aber ziemlich genau das Gegenteil davon: Unser Interesse an den Geheimnissen des Lebens sollte wachsen, unsere Freundschaften füreinander zunehmen und auch noch andere, neue Freunde mit einbeziehen! Und wir wollten diese faszinierende Welt des Miteinanders erforschen und ausloten: aneinander, miteinander und füreinander! Wenn uns das trotz allem nicht gelingt und das bisher Erreichte den Bach runtergehen sollte, dann haben wir uns wenigstens darum bemüht und nicht die Hände in den Schoß gelegt!"

Die Anwesenden klatschten Anja Beifall. Man setzte sich auf die bereit gestellten Stühle, Sessel und das Sofa und Anja übernahm die Gesprächsleitung.

„Können wir uns am Anfang alle kurz äußern, wie wir die Silvester-Erlebnisse jetzt einschätzen und was sie uns sagen?"

Drei Paare meldeten sich zu Wort, sahen sich dann lachend an und ein Mädchen, Friederike, sagte: „Wir haben uns gestern schon getroffen und genau über die von Anja formulierten Fragen und Sorgen gesprochen. Vielleicht kann Yvonne eine Zusammenfassung für uns versuchen? Ich kann das nicht."

„Und ob du kannst", wandte Yvonne ein, „aber, egal, ich mache den Anfang. Ihr müsst halt ergänzen oder mich korrigieren … Also, unsere Erlebnisse an Silvester bewirkten zunächst einmal, dass wir uns alle unheimlich lebendig und gleichzeitig wie in dieses riesige Schicksalsgeflecht der ganzen Menschheit aufgenommen gefühlt haben. Wir nannten es im kleinen Kreis „das silberne Netz", fragt mich nicht, warum; der Name war irgendwann da und schien uns einfach zu passen. Mit Logik haben die Silvester-Erlebnisse ohnehin nichts zu tun gehabt, das läuft auf einer total anderen Schiene …

Ok, nicht alles an dem schimmernden Gewebe war uns so ganz deutlich, manche Bereiche erschienen uns fremd; aber das Grundgefühl dabei war doch ein Erleben reinsten Glücks!"

Yvonne nahm einen Schluck Wasser aus ihrem Glas und sagte: „Glück und Staunen waren mehr im Vordergrund, aber es gab auch so etwas wie ein anfängliches Begreifen und Ahnen. Es war so, als würde jeder von uns das Leben neu entdecken, es zum ersten Mal so richtig wahrnehmen und gleichzeitig vor Glück und Lebendigkeit erschauern! Wir haben ab da alle unser Leben irgendwie stärker gelebt und geliebt, das eigene, wie auch das der anderen, ja sogar das von wildfremden Menschen! Ich verstehe es noch immer nicht ganz. So etwas gibt es eigentlich gar nicht, und doch habe ich es selbst erlebt und kann es immer noch nicht fassen!"

Da Yvonne nicht weitersprach, setzte Anja fort: „Das Leben war danach so klar und so verständlich, dass wir uns über unsere vorherige „Blindheit" nur wundern konnten. Wir haben uns hinterher alle unglaublich intensiv gemocht und angenommen gefühlt, nicht allein der einzelnen sympathischen Persönlichkeiten wegen, die Ihr seid, sondern ebenso wegen des Verwoben-Seins unserer Schicksalsfäden in dieses silberne Netz. Ich hätte jeden von Euch unter Einsatz meines eigenen Lebens retten mögen, wenn Ihr in Not gewesen wärt!"

„Waren wir zum Glück nicht", warf ihr Freund Karl im Scherz ein.

Anja verwuschelte ihm die Frisur.

„Außerdem", fügte Anna-Myrthe bei, „hatten wir gestern alle noch das Gefühl, als sei das Beschriebene gerade mal ein erster Anfang! Als lägen überhaupt Riesenmöglichkeiten unerschlossen in diesem Miteinander und im Erleben der anderen Persönlichkeiten! Aber das ist alles nur Gestammel; wir haben viel mehr erlebt, als wir danach in Worte fassen konnten oder es jetzt können!"

Die anderen nickten.

„Ich will versuchen zu ergänzen", sagte Lena. „Du hast ja für mein Empfinden schon das Wesentliche ausgesprochen, und so haben es auch Wolfgang, Friederike, Dorothea und Bernd erlebt. Es war, als würde man auf einmal nicht nur sein eigenes Leben mit ungeahnter Intensität spüren und als Entwurf begreifen können, sondern auch das Leben der Mitmenschen, deren Lebensfäden in diesem schimmernden Geflecht um den eigenen Faden herum liegen. Ich verstand für Augenblicke, bitte lacht jetzt nicht, die ganze Welt! Mir waren Dinge klar, die man eigentlich gar nicht verstehen kann! Aber, was red ich da!"

Viele nickten ermunternd und verständnisvoll und Lena ergänzte: „All dieses nie zuvor Erfahrene war so wahnsinnig aufregend und so anders, als wir's je erlebt hatten, dass ich hätte schreien können! Und gleichzeitig alle Menschen umarmen!"

Auch andere versuchten noch, die Erlebnisse des Vortags zu charakterisieren. Dann ergriff Anja wieder das Wort und sagte: „Wenn es euch recht ist, versuchen wir jetzt in einem nächsten Anlauf, einen Weg zu finden, wie wir das Erlebte bewahren und fruchtbar machen können. Wäre euch das recht?"

Wieder stimmten alle zu.

„Gut. Wer möchte den Anfang machen?"

Sveya hob die Hand. Anja nickte.

„Joachim und ich", begann Sveya, „waren an Silvester ja nicht bei euch. Dennoch sind uns vergleichbare Erlebnisse geschenkt worden, die uns zugleich auch den Weg zu euch gewiesen haben. Das verdeutlichen ja auch diese Ringe."

Sie hielt ihre Hand hoch und Joachim tat dasselbe. Das rief bei vielen der Gäste neues Erstaunen hervor.

„Ich selbst hatte in letzter Zeit Begegnungen mit Mutter Erde, mit einer Göttin in der Gestalt einer überaus schönen Menschenfrau. Sie wies mir unter anderem den Weg zu euch. Die Erlebnisse, die ihr vorhin beschrieben habt, hatte ich nicht so stark, wohl aber kenne ich das intensive Zusammengehörigkeitsgefühl, die tiefe Sympathie zu Allem und Jedem und das blitzartige Begreifen der Welt. Ich weiß auch von Joachim, dass er zusätzlich zu diesem veränderten Bewusstsein und Erleben Wege gewiesen bekam, wie wir die empfangenen Schätze nicht nur bewahren, sondern auch erweitern können. Wenn ihr einverstanden seid, soll er das heute Abend selbst beschreiben. Was wir dann damit anfangen, steht uns ja frei."

Die anderen stimmten dem zu.

Joachim begann: „Der Alte mit den Ringen, der mich und anscheinend auch euch aufgesucht hat, regte mir gegenüber Folgendes an: Lasse jeden Abend einen Teil deiner Bekannten an deinem inneren Auge vorbeiziehen und stelle dir jeden Einzelnen von ihnen liebevoll und genau vor. Verbinde dich ganz mit der jeweiligen Persönlichkeit und bitte sie, dass du ihr Bruder, Freund, geheimer Helfer, Beschützer sein darfst. Morgens tue dann ein Ähnliches, nur etwas kürzer, und bitte dazu den Schutzgeist oder Engel der jeweiligen Persönlichkeit, mit ihm zusammen seinen und deinen Schützling freundschaftlich begleiten zu dürfen. So etwa lautete seine Anweisung. Am Ende machte er sich über eine Frage lustig, die ich noch gar nicht gestellt hatte."

Joachim schwieg.

„Welche Frage?", hakte Anja nach.

Jetzt musste er lachen: „Exakt dieselbe, die jetzt gleich mehrere Leute stellen werden."

„He, spann uns nicht auf die Folter", rief Yvonne von gegenüber.

„Ist ja gut", nickte er, „also die Preisfrage: Was ist, wenn ich sehr viele, sagen wir hundert, Freunde habe?"

Jetzt mussten alle lachen. Einige meinten, dass sie wohl über kurz oder lang dasselbe gefragt hätten.

„Und was sagte der Alte dazu?", fragte Lenas Bruder Karl.

„Er sagte", antwortete Joachim, „zu viele seien anfangs nicht machbar. Drei bis fünf würden vollauf genügen. Seien diese Wenigen einem ans Herz gewachsen, könne man weitere dazu nehmen. Die Obergrenze schien ihm so bei 20–25 zu liegen."

„Schlafen ade", trällerte Friederike und alle lachten.

„Bringst du den genauen Wortlaut noch zusammen, wie der Alte dir das An-Menschen-Denken beschrieben hat?", fragte Anja.

„Komischerweise ja. Er sagte wörtlich:

1. **Aufgabe an dein Denken: Du setzt alles daran, deine Mitmenschen besser kennen zu lernen und zu verstehen: gestaltlich, gesundheitlich, bezüglich ihrer Interessen, Fähigkeiten und Fertigkeiten, sodann seelisch, geistig, biographisch ... Das Rätsel Mensch wird dir dabei zum innersten Anliegen und Abenteuer. Was sich dir als einzelne Sinnes-Erscheinungen zeigt, muss dein Denken vorurteilsfrei zu Bildern ordnen. Interpretiere nichts hinein, sondern lasse die Erscheinungen sich selbst aussprechen und erklären. So forsche dem Geheimnis Mensch nach! Du kannst sicher sein, dass du schon hierbei so viele Überraschungen erleben wirst, dass dir davon schwindeln wird!**

2. **Aufgabe an dein Fühlen: Übe dich darin, deine Gleichgültigkeit gegenüber anderen abzustreifen. Könnte es nicht sein, dass der Fremde, dem du heute „zufällig" begegnet bist, schicksalsmäßig mit dir zu tun hat? Deine göttliche Heimat ist auch die seine – deine Herkunft womöglich auch? Mutter Erde gab ihm wie dir den Leib aus ihrer eigenen Substanz, der Materie. Weißt**

du, ob nicht gerade er dir eines Tages das Leben retten wird? Oder einst, in ferner Vergangenheit gerettet hat? Der andere ist immer liebenswert – liebst du ihn nicht, so einzig aus dem Grunde, weil du zu wenig über ihn weißt, zu wenig für ihn empfindest und zu wenig für ihn getan hast! Die Großartigkeit des anderen erschließt sich dir erst, wenn du zum Beispiel die Gelegenheit hast, ihn in schöpferischer Tätigkeit, persönlich engagiert zu erleben.

3. Aufgabe an dein Wollen: Mensch-Sein will gepflegt sein, wie ein Haus, das frisch gebaut ist: Pflegst du es nicht, zerfällt es alsbald. Du musst zunächst die Menschen, die dir am Herzen liegen – keine Sorge: die anderen kommen auch noch dran – zweimal täglich in deine Seele hereinbitten: Lasse sie vor deinem inneren Auge vorbeiziehen. Dabei stellst du dir die jeweilige Persönlichkeit bildlich und ihrem Wesen nach ganz exakt und immer genauer vor und sagst ihr: „Ich will mitwirken, dass du auf Erden einen verborgenen treuen Freund und Helfer zur Seite stehen hast! Ich will mitwirken, dass du dich so entwickeln kannst, wie du es dir vornahmst, bevor dich dein Leib umschloss! Ich will mit deinem Schutzgeist oder Schutzengel zusammen für dich da sein!" Das sagst du jeden Abend, indem du dir jene Menschen, mit denen du zu üben anfängst, eine kleine Zeit lang einzeln vornimmst. Im Osten nannten sie das früher Meditieren".

Und dann fügte er nach einer Pause hinzu:

„So, wie du abends deine Mitmenschen liebevoll bedenkst, so machst du das auch morgens, nur kürzer, und bittest dann den jeweiligen Schutzgeist oder -engel, dass er dir beistehe, seinen und deinen Schützling richtig zu fördern und ihm eine wirkliche Hilfe zu sein!

Das alles geht im Geheimen vor sich, über die Inhalte wird nie gesprochen! Die Form dieses Tuns darfst du auch nur an absolut Vertrauenswürdige weitergeben. Und stelle nie an einen anderen

Menschen stille Erwartungen – außer an dich selbst! Hüte dich vor Sektierertum! Daran kranken schon so viele weltanschaulich oder religiös gefärbte Gemeinschaften!"

„Wie hast du das denn alles behalten können?", fragte Yvonne verwundert.

„Ich weiß nicht", antwortete Joachim, „normal und üblich ist das bei mir jedenfalls nicht. Aber ich war in einem extremen Ausnahmezustand, als der Alten sprach."

Die Freunde berieten sich eine Zeit lang, dann war klar, dass sie das „An-Menschen-Denken" übernehmen wollten. Sie nannten es fortan **„An-Denken"** und das Ziel nannten sie die **„Pflege des silbernen Netzes"**. Jeder wollte es für eine gewisse Zeit durch intensives Üben testen, dann sollte wieder gemeinsam darüber gesprochen werden, natürlich ohne dabei Namen zu nennen.

Als Anja gegen elf Uhr die Freunde an der Haustür verabschiedete, bestätigten alle, dass das heutige Treffen richtig gut und hilfreich gewesen sei. So blieb auch dieser Abend den Beteiligten lange Zeit in Erinnerung.

21. KAPITEL

5./6. JANUAR

Der 5. Januar war ein grauer Tag. Vom Morgen- bis zum frühen Abendgrauen schneite es unentwegt, bei Windböen in Wirbeln, bei Windstille in schweren stillen Flocken. Sabine hatte bei Sigmund übernachten wollen, gegen Abend jedoch wurde ihr so schlecht, dass sie sich kaum noch aus der Toilette herauswagte.

„So hat das keinen Wert", stöhnte sie, „ich gehe heim."

„Was hast du heute Mittag gegessen?", fragte Sigmund.

Sabine zuckte die Achseln: „Ich glaub eher, ich hab die Grippe."

Sigmund brachte sie nach Hause. Sie verabschiedeten sich und Sigmund kehrte allein zurück. Er betrat das stille Haus. Sein Schritt hallte merkwürdig durch den Flur. Wieso brannte im Wohnzimmer Licht, hatte er das vergessen? Er öffnete die Tür.

Auf dem Sofa saß die vage vertraute Gestalt im blauen Mantel mit breitkrempigem Hut. Im ersten Moment blieb ihm fast das Herz stehen, dann fasste er sich und atmete tief durch.

„Seid mein Gast", sagte er förmlich und verneigte sich leicht.

Der Alte blickte ihn aufmerksam an: „Du lernst schnell; das ist deine große Chance. Ich habe mich nicht in dir getäuscht, obwohl ich anfangs so meine Zweifel hatte …" Er lachte.

Sigmund ging in die Küche und brachte Brot, Salz und Wasser auf einem Tablett. Das stellte er vor dem Alten ab.

„Heute könntest du mir ein Dunkelbier anbieten", meinte dieser beiläufig.

„So etwas habe ich leider nicht im Haus", bedauerte Sigmund.

„Doch", sagte der Alte, „schau nur im Kühlschrank nach."

Sigmund eilte in die Küche und öffnete die Kühlschranktür. In allen Fächern standen und lagen Flaschen mit Dunkelbier. „Ich wundere mich über gar nichts mehr", murmelte er leise, ergriff zwei Flaschen und ging ins Wohnzimmer zurück.

„Wir können die nächsten zwölf Abende auch noch Bier trinken", sagte er.

„Ja", meinte der Alte, „das mit dem Zaubern ist halt so eine Sache; ich hatte Probleme bei der Dosierung."

‚Der meint das nicht ernst', dachte Sigmund.

„Warum sollte ich nicht?", fragte der Alte scheinheilig.

Sigmund erschrak; natürlich konnte ein Odhin Gedanken lesen!

„Natürlich kann er das", sagte der Alte. „Sigmund, mein Lieber, du neigst oft zu Heimlichkeiten, allein schon dadurch, dass du zu viel denkst. Diese Hirnerei lähmt dir die Tatkraft", fügte er hinzu.

„So?", brachte Sigmund mühsam hervor.

Der andere machte eine beschwichtigende Gebärde: „Bleib ganz locker", beruhigte er den jungen Mann, „du verspannst dich ja schon wieder total."

Sigmund rutschte tiefer in seinen Sessel.

„Du gehörst seit Silvester zu dieser Anja-Clique dazu. Andrerseits verbindet dich auch einiges mit Joachim und Sveya." Der Alte machte eine Pause.

Sigmund warf ein: „Sveya und Joachim gehören doch auch zu dieser Silvester-Gruppe um Anja und Yvonne, oder nicht?"

„In einer Art, ja. Dennoch haben sie auch ganz eigene Aufgaben vor sich, das schließt sich gegenseitig nicht aus. Doch wieder zu dir: Du hast ja hoffentlich gemerkt, wie sich dein Leben durch die kleinen Ereignisse seit dem 13. Dezember verändert hat."

„Es ist unendlich viel reicher geworden", stimmte Sigmund zu.

„Für dein weiteres Leben musst du dich nun aber mit ein paar unbequemen Tatsachen vertraut machen, die dir und deinem Denken enorm gegen den Strich gehen werden!"

„Schlimmer als in letzter Zeit kann's ja kaum werden", erwiderte Sigmund.

„O doch", meinte der Alte, „es kann. Ich fange auch sofort mit dem Übelsten an: dein ganzes Weltbild, deine tönernen Lebensanschauungen, deine Grundgedanken über Welt, Erde und Mensch sind eine ausgemachte Katastrophe, ein riesiger Berg aus … Sondermüll."

Sigmund rutschte noch etwas tiefer in den Sessel.

„Durch deine Müll-Brille", fuhr der Alte unbarmherzig fort, „findest du, hörst du, riechst du, siehst du überall um dich herum auch nur Müll. Es könnte dir ein Engel vom Himmel die halbe Seligkeit um die Ohren schlagen, und du nähmst dennoch standhaft nichts von alldem wahr – nur halt das, was deine Müll-Brille zulässt. Also muss ich dir zuerst die Müll-Brille wegnehmen."

„Um Gottes Willen", stammelte Sigmund.

„Was sein muss, muss sein", grummelte der Alte vergnügt. Er stand auf.

Plötzlich leuchtete das Zimmer in Eisblau, Rosa- und Lilatönen, ein riesenhaftes Nordlicht schimmerte auf und wirbelte umher, sprengte Decken und Wände weg und Sigmund erblickte kurz den schwarzen gestirnten Nachthimmel über sich, bevor das Nordlicht in weiten Wellen wieder darüber hinfloss und seine Farbenschleier wehen ließ. Aus den Schleiern heraus aber trat eine erhabene Frauengestalt von schmerzhafter Schönheit. Sie war mit einem schimmernd weißen Brautkleid angetan, ein Blütenkranz schmückte ihre Stirn, und ihr dunkles Haar wehte offen im Wind.

„Dies ist meine geliebte Herrin", rief der Alte mit veränderter Stimme, die jetzt wie Donnergrollen unter dem Nachthimmel tönte, und als Sigmund aufblickte sah er, dass der Alte sich verwandelt hatte. Ein wunderschöner Jüngling stand an der Seite der Frau, einen Eschenspeer wog er spielerisch in seiner Rechten, indes die Linke die Hand der Weißgewandeten umfasst hielt. Seine Augen suchten voll Sehnsucht ihren Blick, doch die Braut löste ihre Hand aus der seinen, glitt an Sigmund und dem Asen vorbei und tauchte in die Farbenschleier ein; ihr Gruß wehte auch an Sigmunds Ohr: „Sei gesegnet, Odhin!" dann flatterten und wehten nur noch die Nordlichter um den fassungslosen Sigmund.

Mit einem Mal rötete sich der Osthimmel, und eine weitere Gestalt stieg riesenhaft am Horizont empor. Auch sie näherte sich den Beobachtern. Es war eine unbeschreiblich schöne Frau im roten

Gewand. Ein blauer Mantel umwehte sie. Ihre hohe Stirn war mit einem Sternen-Diadem geschmückt, und unter ihren Füßen blitzte die Mondsichel wie eine leuchtende Barke. Tausende und Abertausende kleiner Kinder folgten der Frau lachend und jubelnd und umtanzten ihre Knie. „Dies ist die Mutter meiner Kinder", rief Odhin und grüßte die Schöne ehrerbietig. Ihr Gegengruß wehte herüber: „Meinen Segen Euch, Odhin!" Dann war sie auch vorbeigezogen und es wurde dunkler. Die Nordlichter flammten in düsteren Violett- und Blautönen auf. Der Wind steigerte sich zum Sturm und wurde schneidend kalt.

Sigmund bekam es mit der Angst zu tun. Als er zu Odhin hinsah, erblickte er einen uralten Greis, der besorgt den Horizont musterte.

Dort dräute jetzt eine riesenhafte dunkle Gestalt schwarz gegen den gestirnten Himmel und näherte sich den beiden Wartenden. Als die Gestalt nah genug heran war, erblickte Sigmund in einer Art von grauem Licht eine schwarz verschleierte Alte, die drohend auf ihn zuschritt. Als sie vor ihm stand, sprach sie mit knarrender Stimme: „Seid mir gegrüßt, ihr beiden Holden!"

„Gruß dir, Schwester!", antwortete Odhin.

Sigmund waren vor Entsetzen und Angst die Lippen versiegelt. Seine Gedanken jagten wie verängstigte Käfigtiere in seinem Kopf herum und verhinderten jeden normalen Gedanken.

Warum grüßt der mich nicht?", nörgelte die Alte und blickte fragend zu Sigmund hin.

„Oh, er ist über Eure Schönheit so entzückt", sagte Odhin schnell, „dass ihm die sonst so wohlfeilen Worte ausgegangen sind!"

„Ach so!", sagte die Alte. „Dann will ich ihm einen Blick auf mein Antlitz nicht vorenthalten." Sie kicherte und hob langsam ihren Schleier.

Was Sigmund in diesem Moment erblickte, riss ihm den Boden unter den Füßen weg. Er verlor in diesem einen Augenblick alle Sicherheit seines Lebens. Der Anblick erschien ihm so entsetzlich, dass er vor Entsetzen schrie, schrie, wie er noch nie in seinem Leben geschrien hatte. Dann brach er zusammen und stürzte in einen nachtschwarzen Abgrund aus Ohnmacht und Entsetzen.

Als er wieder zu sich kam, saßen Odhin und er allein im Wohnzimmer.

„Prost!", sagte der Alte ungerührt und hob die Flasche. Dann stellte er sie leer auf den Tisch vor sich hin und fragte: „Was hast du hinter dem Schleier der Alten gesehen?"

Sigmund schauderte. Er versuchte zu sprechen, musste aber immer wieder neu ansetzen: „Ich sah Tod, Schrecken, Verderben und Grauen. Das pure Grauen ..."

„Hat dich die Gestalt nicht an jemanden erinnert?", hakte Odhin nach.

„Doch, ja ... das stimmt. Sie kam mir vage bekannt vor, ungeachtet ihrer Entsetzlichkeit."

„An wen erinnerte sie dich?"

Sigmund grübelte lange, bevor er sagte: „Ihr werdet es nicht glauben, aber sie war wie ein Schreckensbild meiner selbst, und zugleich trug sie Züge der beiden wunderbaren Frauen, die vor ihr durchgezogen waren. Was bei der einen schmerzhafte Schönheit war, verkehrte sich bei der Alten ins Gegenteil!"

Odhin nickte: „Du hast gut beobachtet: Alle drei sind sie die Große Eine, die ihr Menschen die Große Mutter nennt. Der Grund dafür, dass dir die Alte so hässlich erschien, liegt allein in deinem falschen Welt- und Menschenbild. Wer den Tod negiert, verliert auch das Leben! Die Alte verwaltet die Mysterien des Lebens, des Todes und der Wiedergeburt:

> Kein Abend ohne neuen Morgen.
> Kein Winter ohne neuen Lenz.
> Kein Tod ohne Wiedergeburt.

Je weiter du vom Leben abweichst, desto weiter ist auch der Weg dahin zurück. Wer mit beiden Beinen im Leben steht, erblickt hinter dem Schleier, den die Göttin vor dir lüftet, das Antlitz der wunderbar gütigen, liebevollen Ahnfrau! Wer aber aus dem Leben gefallen ist, sieht nur noch die tödliche Hexe. Auch sie ist eines der drei Wesen, in die sich Mutter Erde verwandelt, wenn sie mit Euch Menschen zu tun hat.

Bedenke stets, dass nur Mutter Erde dir die Grundlagen und Möglichkeiten deines Erdenlebens schaffen kann! Sie leidet unter euren unmenschlich fühllosen Tritten, während ihr euch in eurer vermeintlichen Gottähnlichkeit suhlt und stolz über sie erhebt! Sie ist die große Dreieinige, ist Braut, Mutter und Ahnin zugleich. Du musst dein Verhältnis zu dieser Mutter und zur Erdenrealität korrigieren!"

Er erhob sich und schritt zur Tür. Von dort blickte er noch einmal zurück und sagte tröstend: „Du bist kräftiger, als du ahnst, und du hast Aufgaben vor dir liegen, die du ergreifen musst und die nur du ergreifen kannst. Dein schlimmster Feind warst bisher immer nur du selbst. Dieser Feind ist momentan geschwächt, darum auf, nutze die Gunst der Stunde, ich werde dir beistehen, wenn du mich rufst! Lebe wohl, und der Segen der Göttin sei mit dir!"

Sigmund hatte nicht einmal mehr die Kraft, Bad und Schlafzimmer aufzusuchen. Er fiel in seinem Sessel hängend in einen abgrundtiefen Erschöpfungsschlaf und verbrachte die Nacht wie tot im Wohnzimmer.

22. Kapitel

5./6. Januar

Joachim war am 5. Januar morgens zum Familientreffen nach Stuttgart gefahren. Er freute sich darauf, seine Geschwister und seinen kleinen Neffen wiederzusehen, den Sohn seiner älteren Schwester, doch die Trennung von Sveya fiel ihm gerade jetzt sehr schwer. Er und Sveya hatten sich liebevoll voneinander verabschiedet und Joachim hatte versprochen, gleich am nächsten Vormittag wieder zurück zu sein.

Daher war Sveya allein in ihrer Wohnung als der Abend vor Dreikönig hereinbrach. Ein eher zufälliger Blick auf den Kalender brachte ihr schlagartig das Datum zum Bewusstsein und weckte eine andere, schon wieder halb schlummernde Erinnerung in ihr. In dieser Nacht wollte jenes liebevolle Wesen zu ihr kommen, das sich Frau Holle genannt hatte! Wie hatte sie so etwas Wichtiges fast vergessen können? Ach, es war ja in letzter Zeit so viel passiert! Und schon dachte sie wieder voller Sehnsucht an Joachim.

Als der Abend in die Nacht übergegangen war und sich der erwartete Besuch nicht einstellte, beschloss Sveya, sich im Weihnachtszimmer auf der Couch auszustrecken. Sie ließ die Heizung an und machte es sich bequem. Für den erwarteten Gast stand ein Gedeck auf dem Tisch und Holunderblütensaft zum Heißmachen und Plätzchen standen in der Küche bereit. Sveya las noch bis kurz vor zwölf, dann fielen ihr die Augen zu. Sie legte das Buch weg und löschte das Licht.

Kurze Zeit später schreckte sie auf. Sie hörte ein Schlurfen, dann klopfte es leise an die Tür. „Joachim ist zurück", war das Erste, was ihr in den Sinn kam.

„Herein!", rief sie.

Die Tür öffnete sich, und eine steinalte Frau stand im Türrahmen.

Zuerst verstand Sveya gar nichts, dann sprang sie auf und starrte die Fremde erschrocken an. Dabei fiel ihr das vage bekannte Gesicht der Alten auf und sie stammelte: „Frau Holle?"

„Ja, Liebes, in dieser Erscheinungsform als Frau Perchta, als die Ahnin."

Sveya fühlte sich hilflos; das vorige Gefühl der frag- und vorurteilslosen Liebe zu jener Frau am Weihnachtsabend wollte sich der Fremden gegenüber nicht einstellen und gleichzeitig schmerzte Sveya ihre eigene abweisende Haltung, da sie die Besucherin ja doch erkannt hatte. Sie ging hin und nahm Frau Perchta innerlich widerstrebend in den Arm.

„Entschuldigt meine törichte Reaktion", flüsterte sie.

Perchta nickte. „Ist schon gut", sagte sie leise.

Sveya drückte Perchta an sich, dann bot sie ihr den für sie vorgesehenen Platz an und brachte aus der Küche Saft und Plätzchen herein. Die Alte rieb sich die Hände und blickte vergnügt auf die dampfenden Saftbecher.

„Ah, fein, das wird uns aufwärmen", sagte sie mit altersbrüchiger Stimme. Als sie jedoch ihre Augen auf Sveya richtete, hatte sie den klaren, scharfen Blick einer Jüngeren. „Du wirst heute Nacht die schwerste Lektion kennen lernen, die ein Mensch nur erfahren kann, nämlich das Ende. Und doch wird es für dich in diesem Entwicklungsstadium die wichtigste Lehre sein! In gleicher Art widerfuhren dir schon öfter notwendige Dinge, die du im Moment des Erlebens für schlimm, für böse oder für überflüssig gehalten hast; und doch erwiesen sie sich dann in der Folgezeit als gut und richtig, du hattest sie nur eben falsch beurteilt! Hadert nicht die vergewaltigte Albanerin mit ihrem Leben und Schicksal, nachdem sie bemerkt hat, dass sie schwanger ist? Und dankt sie nicht Jahre später ihrem Gott, dass er sie vor dem Mord an ihrem Kleinen oder vor Selbstmord bewahrt hat, nachdem dieses Kind sich als ein Sonnenschein in ihrem Leben entpuppte? Was wisst ihr Menschen schon über das Schicksal? So ist auch das Ende, wie du es dir vorstellst, nur ein gedankliches

Konstrukt, das von Erdenwahn und Beschränktheit geprägt ist, also von dem, was ihr Menschen vor dem geistigen Erwachen als Wissen bezeichnet. Wer tiefer schaut, sieht, dass Ende und Anfang stets Hand in Hand gehen."

Während sie sprach, stellte sich bei Sveya allmählich und zunehmend die vorige Vertrautheit gegenüber Frau Holle wieder ein, und am Ende waren ihr Frau Perchta und Frau Holle fast zu einem identischen Wesen verschmolzen.

„Aber, was schwatze ich die ganze Zeit", lächelte die Alte, „erzähle doch du mir ein bisschen von dem, was dir im Leben wichtig ist und was dich bewegt!"

„Ich möchte mit meinen Freunden zusammen neue Formen des Zusammenlebens zu gestalten versuchen. Wir wollen dem, was in unserer Zeit als Zerstörung, Verdunkelung und Trennung menschlicher Gemeinschaften auftritt, entgegenwirken, indem wir bewusst unser gegenseitiges Verhältnis pflegen und andere Menschen so tief in unser eigenes Leben einbeziehen, dass sie ein Teil von uns selbst werden können. Seit wir an Silvester einen Blick auf das große leuchtende Gewebe des Schicksals geworfen haben, ist uns allen dieses Vorhaben zur Herzensangelegenheit geworden!"

„Oioioi", sagte die Alte, „das klingt aber gut! Das tönt ja wie Musik in meinen Ohren!" Sie sah Sveya aufmerksam an. „Und wenn ihr einmal mit Scheidung, Trennung, Tod oder einem anderen ‚Ende' zu tun bekommt: Wendet euch nur vertrauensvoll an mich. Ich kann euch gerade dabei weiterhelfen!"

Plötzlich richtete sich ihr Blick in die Ferne, und sie fasste sich mit einer schnellen, heftigen Bewegung an die Brust.

„Was ist euch?", fragte Sveya erschrocken.

Die Alte antwortete nicht, sondern rang nach Atem. Dann stieß sie mühsam hervor: „Das Ende … es geht ja diese Nacht zu Ende … ich kann … dir das nicht ersparen … Tochter …"

Sveya war zu ihr hingestürzt und hatte die zitternde Gestalt in den Arm genommen.

„Was soll ich machen?", fragte sie hilflos.

„Lass es geschehen", sagte Perchta leise. Sie zuckte zusammen und wurde dann schlaff.

Sveya fing ihren Fall ab. Sie konnte ein Schluchzen nicht unterdrücken.

„Ja", flüsterte sie, „dann soll es halt geschehen."

Der alte Körper hatte kaum Gewicht. Sie bettete Perchta auf die Couch, schloss ihr die Augen und weinte dann bitterlich über ihr. Nach einiger Zeit fasste sie sich mühsam wieder. Sie setzte sich der Toten gegenüber und hielt den Blick auf die armselige Gestalt gerichtet, die vor ihr lag. Schließlich holte sie eine Decke und breitete sie der Alten über die Beine.

‚Wie konnte das passieren?', dachte sie immer wieder hilflos. Alle Zukunftsträume und die scheinbare Sicherheit, in die Frau Holles erster Besuch sie eingehüllt hatten, waren zerstört. Wenn auch die Götter so enden, war dann nicht alles Weitere sinnlos? Dann waren doch ihre eitlen Blütenträume nichts als die schwärmerischen Kindereien eines kleinen Mädchens. Tiefe Verzweiflung packte sie und sie sah vor sich nur noch Ausweglosigkeit und Dunkel.

Einen Teil der Nacht haderte sie mit sich und der Welt. Gegen Morgen betrachtete sie die Tote ruhiger; sie war nun nicht mehr wie ein Teil von ihr selbst, sondern eine liebe, halb bekannte Fremde, der sie die letzte Ehre erweisen wollte. Ihr Schmerz verwandelte sich in den Willen, Perchta ein würdiges Ende zu bescheren und sie nicht allein zu lassen.

Mit diesen Gedanken musste sie im Sitzen kurz eingenickt sein. Ein Geräusch ließ sie auffahren. Als sie zur Couch blickte, erstarrte sie: In einem Meer von Blüten lag eine schneeweiß gewandete wunderschöne Gestalt! Es hätte Perchta sein müssen, aber Jene auf der Couch war viel jünger und sah aus, als schliefe sie nur.

Als Sveya genauer hinschaute, sah sie, wie die Brust der Gestalt sich in leichtem Atem hob und senkte. Sie starrte wie gebannt auf das Wesen im Blütenmeer. Die Gesichtszüge waren wohl im grauen Morgenlicht nicht ganz deutlich zu sehen, schienen sich aber zu verändern. Und dann ging alles ganz schnell und war für Sveyas strengen Wirklichkeitssinn ein einziges Fiasko.

Zuerst vernahm sie draußen Vogelsingen. Das Fenster stand offen. Eine Woge wunderbaren Blütendufts wehte zu ihr ins Zimmer und hüllte sie ein. Die Gestalt auf dem Blütenbett regte sich und atmete tief ein. Sveya war außerstande sich zu rühren. Da schlug das Wesen die Augen auf, drehte den Kopf und blickte Sveya an. Draußen nahm das Licht zu. Die Gestalt streckte die Arme aus und war mädchenhaft jung und unglaublich schön. Keine Spur von Ausgezehrtheit oder Zerfall, sondern eine junge Frau in Sveyas Alter. Die erhob sich jetzt anmutig von ihrem Blütenlager, schüttelte den Kopf, dass die dunklen Haare flogen und seufzte tief auf.

„Ach, habe ich tief geschlafen", sagte sie und stand im vollen Lichte der aufgehenden Sonne, ein Wesen von atemberaubender Schönheit mit den wunderbaren Gesichtszügen einer verjüngten Frau Holle, aber auch mit anderen bekannten Zügen, die Sveya staunend als ihre eigenen erkannte. Ihr Ebenbild im Sonnenlicht fing plötzlich an zu lachen.

„Warum so ernst, Schwesterlein? Du machst mir ja Angst! Du hast doch geschafft, was nur Wenige im Leben erreichen: Du hast das Todesantlitz der Göttin geschaut und bist doch am Leben geblieben! Du blicktest hinter den Schleier der Alltagswelt und wurdest dabei nicht von Wahnsinn ergriffen. Ich freue mich für dich!" Sie sprang um den Tisch herum, nahm Sveya in den Arm, küsste sie auf die Stirn und löste sich wieder von ihr. Dann, mit einem mutwilligen „Ich habe dich lieb, Schwesterlein!" und ihrem perlenden Lachen wandte sie sich dem offenen Fenster zu und glitt ohne Mühe hinaus ins Freie. Im strahlenden Sonnenlicht des Morgens entschwand sie Sveyas Blicken.

Als diese zu sich kam und umherblickte, war das Zimmer wieder so leer wie am Abend. Auf dem Tisch aber lag eine schneeweiße, süß duftende Rose.

23. KAPITEL

6. JANUAR

Joachim hatte sich in Stuttgart schon um acht Uhr früh ans Steuer gesetzt. Am liebsten hätte er den ganzen Rückweg ausgelassen und wäre sofort in Überlingen angekommen. Um halb elf zweigte er endlich vor Überlingen von der Schnellstraße ab, fuhr Richtung Andelshofer Weiher und über die Reutehöfe nach Bambergen hinein. Daheim angekommen, rief er sofort bei Sveya an, doch sie war nicht zu Hause. Er setzte sich im Wohnzimmer kurz in einen Sessel, streckte sich und gähnte. Da es am Vorabend spät geworden war, brach jetzt die Müdigkeit mit aller Gewalt über ihn herein. Er fühlte sich bleischwer und glitt immer wieder in blitzartig kurze Träume.

In einem derselben sah er vor sich eine weißverschneite Ebene. Dabei war er ganz wach und geistesgegenwärtig und wusste doch, dass er schlief. Über die Schneefläche humpelte eine kleine, gebeugte Gestalt auf ihn zu. Es war eine zierliche Greisin und er hörte beim Näherkommen ihr Keuchen. Als er die Alte klarer sehen konnte, durchzog ihn ein feiner Schmerz, wie eine halb vergessene Erinnerung: Das Weiblein ähnelte entfernt jenem wunderbaren Zaubermädchen, das er im Haus hinter Wasser und Feuer kennengelernt hatte; doch ihre Gesichtszüge erinnerten ihn auch vage an Sveya. Nun erreichte die Greisin ihn, stellte sich vor ihn hin und blickte ihn aus wachen, klugen Augen an. Dann nickte sie ihm zu. Joachim erhob sich, grüßte sie und bot ihr seinen Platz an.

„Lass nur, lass nur", wehrte sie freundlich ab, „so weit war der Weg zu dir nicht."

Joachim, den ihre Ähnlichkeit mit Bertha nicht losließ, fragte sie geradeheraus: „Seid Ihr mit Bertha verwandt?"

Die Alte warf ihm einen unergründlichen Blick zu, dann antwortete sie: „Sollte ich doch: Ich bin Bertha."

Joachim spürte den Schmerz in sich aufsteigen, noch ehe ihre Worte sein Bewusstsein ganz erreicht hatten. Fast verzweifelt suchte er das Gesicht vor sich nach der ihm nun wieder gegenwärtigen Schönheit ab; doch er fand sie nicht mehr. Das Antlitz kündete mit seiner edlen Form nur noch von ehemaligem Liebreiz. Warum ihn das so erschütterte, wusste er nicht; doch der Schmerz über den verblühten Schmelz des Zaubermädchens steigerte sich mit solcher Gewalt, dass er wie ein kleiner Junge mit den Tränen kämpfte.

Die Alte legte ihm die Hand auf den Kopf und strich ihm über das Haar: „Zweimal sind wir uns jetzt schon über den Weg gelaufen, Lieber. Die heutige Begegnung wird unsere schwerste sein, so viel war von Anfang an klar; heute geht es nämlich ans Abschiednehmen, ans Loslassen und Verlieren, und das tut immer weh. Du bist aber mittlerweile auch Sveya begegnet. Wisse: Eure künftige Tochter hatte mich gewissermaßen beauftragt, euch beide, dich und Sveya, zusammenzuführen. Darum lockte ich dich hinter Wasser und Feuer und zeigte mich dir in der damaligen Gestalt, die ich von Sveya übernommen hatte. Du musstest keinen Schaden dabei befürchten, denn du erblicktest allein Sveya in mir, mich konntest du gar nicht sehen. Und da wir jetzt schon so schön bei den Geheimnissen des Lebens sind, will ich dir auch noch etwas anderes verraten: Ich habe weder feste Gestalt, noch trage ich irgendwelche besonders bevorzugten Gesichtszüge. Ich trat dir als Bild entgegen, so wie ich auch jetzt nur ein Bild der Wirklichkeit bin. Als Göttin steht es mir frei, Gestalten und Gesichter zu wählen.

Doch nun zu dir und Sveya: Ihr beiden und alle eure Kinder, ihr seid mir ans Herz gewachsen. Ihr werdet mir darum immer besonders nahe sein und ich euch auch, und auf meine Gegenwart und Hilfe dürft ihr stets bauen. So, und nun leb wohl, Lieber."

Die Alte stand auf, schloss Joachim in die Arme und wandte sich zum Gehen.

Als Joachim erwachte, war sein Hemd von Tränen nass. Eine weiße Rose lag frisch und duftend auf dem Tisch, wie ein Gruß aus einer anderen Welt. Er konnte sich nicht erinnern, sie bei seiner Ankunft gesehen zu haben. Als er noch so grübelte, läutete das Telefon.

‚Das ist Sveya', dachte er und sprang auf.

24. KAPITEL

6. JANUAR

„Hier Sveya. Hallo, Joachim, Lieber! Ich bin schon auf dem Sprung zu dir. Oder willst du lieber zu mir kommen?"

„Hallo, Sveya, schön dich zu hören! Ich komme gleich zu dir. Ich habe etwas so Merkwürdiges erlebt, das muss ich dir unbedingt erzählen!"

„Du auch? Ach, Lieber, ich bin so gespannt! Auch hier geschah viel Eigenartiges; das erzähle ich dir dann nach deinem Bericht. Komm nur schnell, ich freu mich so auf dich! Ich hab dich jede Sekunde vermisst!"

„Ich dich auch, Liebes! Bis gleich dann, ja?"

Zehn Minuten später war Joachim an Sveyas Tür. Bevor sie sich jedoch ihre Erlebnisse erzählen konnten, fielen sie sich erst einmal in die Arme, sie waren ja immerhin 29 Stunden getrennt gewesen.

Das Wiedersehen und Begrüßen war wie ein Fest und zog sich hin. Am späten Nachmittag dann erzählten sie einander ihre Erlebnisse, die seinen vom Vormittag und ihre von der Nacht und dem heutigen Morgen. Nachdem sie die Geschehnisse noch einmal an sich hatten vorbeiziehen lassen, sprang Sveya plötzlich auf.

„Jetzt habe ich ja ganz vergessen, Hjördis Bescheid zu geben. Sie hat gestern Vormittag angerufen und uns für heute Abend zu sich eingeladen. Nichts Anspruchsvolles, wie sie sagte, sie wolle nur drei Legenden vortragen, die zum Themenkreis der Großen Mutter gehören. Danach gebe es Essen und Trinken, und es könne dann auch wieder hemmungslos geplaudert werden. Das Ganze sei völlig freilassend, halt so wie immer. Und sie habe auch noch andere Gäste eingeladen, halt so wie immer. Ich versprach, sie anzurufen, egal, wie wir uns entscheiden."

„Wir gehen hin", entschied Joachim sofort.

Am Abend wurden sie in Hjördis' Haus von deren Bekannten schon fast wie alte Freunde behandelt. Etwa zwanzig Gäste saßen in einem großen Kreis. Einige waren Sveya und Joachim vom letzten Besuch her bekannt und begrüßten die Ankömmlinge herzlich. Nach einem kurzen Vorwort, worin Hjördis die Zuhörer willkommen hieß, leitete sie das Thema des Abends ein:

„Von den drei Gestalten Lucia, Frau Holle und Frau Perchta, die ja drei Aspekte der Großen Mutter darstellen, ist uns Lucia am wenigsten vertraut. Frau Holle ist durch Märchen, Sagen und anderes Kulturgut nachweisbar, auch wenn diese Hollen-Kultur mittlerweile vergangen und vergessen ist. Ebenso Frau Perchta, die im Alpenland heute noch, wenn auch nur als Touristenattraktion und auch nur noch in ihrer Schreckgestalt, herumspukt. Aber sie ist im Brauchtum dadurch noch „greifbar". Wir haben somit ein deutliches, verbürgtes Bild von der „Mutter", also Frau Holle, und von der „Alten", Frau Perchta.

Die „Braut" jedoch ging uns durch die Einflüsse des Patriarchats und dessen Moralvorstellungen gänzlich verloren. Die alpenländische Luzie oder Lutzelfrau trat mehr in der Tradition und Gestalt der Perchta auf und wurde dieser im Laufe der Jahrhunderte immer ähnlicher. Aber auch anders herum: Sowohl Frau Holle, als auch Frau Perchta traten in Sagen gelegentlich in brautähnlicher Gestalt auf, behielten aber ihre Namen Holle und Perchta bei und manchmal auch etwas von deren Duktus.

Was dann in Schweden als junger Brauch auflebte, dieser Lucia-Brauch, das „Kleine Yulfest", bediente sich des Namens, der jungfräulichen Gestalt und der Brauchtums-Formen mit solcher Treffsicherheit, dass die „schwedische" Lucia nahtlos in das Bild der Großen Göttin passt! Da uns über Lucia wenig Bekanntes vorliegt, sei dieser Abend vor allem ihr gewidmet.

Nach jeder der Legenden, die ich euch erzählen will, wird dieselbe von mir kurz in den Kontext des Themas „Große Mutter" eingeflochten werden, sodass sie nicht isoliert dasteht. Die letzten Reste an Unklarheit lassen sich dann noch durch Fragen beseitigen.

25. KAPITEL

6. JANUAR

Lucia, eine Legende aus Norrland

Als Gottvater Adam erschaffen hatte, wollte Er ihm eine Gefährtin zur Seite stellen, damit Adam im Paradies nicht so allein sei. Seine Wahl fiel auf eine wilde, schöne Frau, die war ganz aus Erde. Sie hieß Lucia. Doch zeigte sich bald, dass sie zur Stammmutter der Menschen nicht so gut taugte, denn sie scherte sich nicht um Gottes Gebote und naschte vom Apfel des Verbotenen Baumes. Und nicht genug damit: Sie verführte auch Adam dazu, dass er von dem Apfel aß. So mussten Adams das Paradies verlassen.

Sie siedelten sich unten auf der festen Erde an. Lucia war darüber nicht weiter traurig. Den Tieren näher als dem Menschen, war sie Adam eine unersättliche Nachtgefährtin, sodass ihrer beiden Nachkommen bald alle Zimmer des Hauses füllten. Adam kam mit dem Anbauen neuer Kinderzimmer nicht mehr nach. Lucia aber hielt ihre Kinder nicht ordentlich wie eine Menschenmutter, sondern schlampig wie ein Trollweib.

Gottvater machte sich darüber Sorgen und dachte mit Unbehagen an Familie Adam. Eines Tages beschloss Er, sie unangemeldet zu besuchen, um sich von Lucias Hauswesen ein genaues Bild machen zu können. Aber Lucia erfuhr davon. Alsbald ging sie daran, ihre Kinder herzurichten: Sie bürstete und schrubbte, wischte Triefaugen und Laufnasen und zerrte den Kamm durch die verfilzten Pelzköpfe ihrer Brut. So mühte sie sich lange und hatte doch noch nicht einmal die Hälfte aller Kinder hergerichtet, als es schon an der Haustür klopfte. Lucia erschrak und begann zu zittern. Da kam ihr ein Gedanke: Sie öffnete das Kellerloch, packten den größeren Teil ihrer Kinder an Ohren und Haaren und zerrte und schob sie ins Dunkel hinab. Dabei machte sie drohende Gebärden, keinen Laut von sich zu geben und drückte die Kellerklappe zu. Darauf eilte sie zur Haustür und öffnete, und da stand der Allmächtige schon und wartete. Sie bat Ihn herein. Aufmerksam besah Er sich die Schar, die mit rot gescheuerten Backen, Nasen und Ohren herumstand.

„Sind das alle deine Kinder?", fragte Er.

„Ja", antwortete Lucia.

„Wirklich alle?", fragte Er strenger nach.

„Ja, alle", bestätigte Lucia, wagte aber nicht aufzublicken.

„Wirklich, Lucia?", fragte der Herr sie zum dritten Mal.

Und „Ja", antwortete sie abermals.

Da wurde Gottvater zornig und sprach: „Dreimal hast du nun gelogen. Dafür sollst du fortan so im Verborgenen leben, wie du deine Kinder verborgen und verleugnet hast!"

Lucia wurde bei diesen Worten dünn wie ein Nebel und schlüpfte mit allen ihren sauberen Kindern zum Kellerloch hinab ins Dunkel. Damit Adam über den Verlust aber nicht gar so traurig wäre, schuf Gottvater ihm aus Adams Rippe ein Weib, das hieß Eva und war tugendsam und reinlich.

Lucia aber wohnt seit jener Zeit als Mutter des Lussevolkes, der Zwerge, Elben, Nixen, Trolle, Huldren, Kobolde und Riesen im Verborgenen. Nur einmal im Jahr, in der langen, finsteren Luziennacht, erscheint sie mit großem Gefolge, mit Katzen, Ratzen, Mäusen, Läusen, Wanzen und Flöhen auf der Erde und schreckt dabei Alt und Jung. Ihr Wagen wird von ihren Katzen gezogen, und schon von weitem hört man das Maunzen, Quietschen und Quieken. Die Menschen versperren dann Fenster und Türen und verstopfen sogar die Schlüssellöcher mit Wachs, damit kein Ungeziefer ins Haus dringen kann.

Hier nur so viel: Die Norrland-Legende gibt uns mehrere Hinweise auf den Zusammenhang dieser Lucia mit der Herrin der Huldr-Saga. Zum einen, dass Lucia aus Erde war, nicht aus der Rippe des Mannes; zum andern, dass sie die „Mutter des Lussevolkes, der Zwerge, Elben, Nixen, Trolle, Huldren, Kobolde und Riesen" war, also die Mutter oder Herrin der Elementar- oder Naturwesen und Erdgeister; und weiter, dass sie im Verborgenen lebt, denn „im Verborgenen" heißt, im Erdinneren, was sinnbildlich dargestellt ist durch den Keller, in den Lucia samt ihren Kindern wie ein Nebeldunst verschwindet, den die Erde zur Nacht hin einatmet.

26. KAPITEL

6. JANUAR

Lucia aus Syrakus

Zur Zeit der Urchristen lebte in Syrakus eine Jungfrau, die wurde ihrer Schönheit wegen allenthalben gerühmt. Ihre Augen, hieß es, seien so herrlich anzuschauen, dass niemand sie anblicken könne, ohne ein besserer Mensch zu werden. Diese Jungfrau hieß Lucia. Ihre Eltern waren Christen, und im Christenglauben wurde Lucia auch erzogen. In Gebet und Versenkung fand sie Erfüllung und Freude. Sie hatte beschlossen, sich Christus zu weihen und wollte daher unvermählt bleiben.

Aber der Sohn des römischen Statthalters entbrannte in Liebe zu ihr, und Lucias reine Freundschaft war ihm nicht genug. Er bat sie, seine Gemahlin zu werden. Lucia wies sein Werben ab, worauf der Jüngling nur desto eifriger in sie drang. Schließlich, da ihm kein Bitten half, verlegte er sich aufs Drohen: Wenn Lucia nicht die Seine würde, wolle er sie und die Ihren als Christen anzeigen.

Lucia wusste sich nicht zu helfen. In ihrer Not stach sie sich die schönen Augen aus, die des Jünglings Herz verführt hatten, und ließ sie ihm auf einem silbernen Teller bringen. Er war darüber so erschüttert, dass er sogleich von seinem Ansinnen abstand; ja er bat sogar um die Taufe und diente fortan der frommen Gemeinde in Demut.

Beim nächsten heiligen Abendmahl aber, das Lucia empfing, wuchsen ihr neue Augen, die waren noch viel schöner als die verlorenen, und so wurde sie wieder sehend.

Staffan

Staffan war der oberste Stallknecht am Königshof des Herodes. Er war ein schöner, lebhafter Jüngling mit wachen Sinnen und geschickten Händen. Seine Augen waren so außergewöhnlich scharf, dass er sowohl den Schleuderstein, als auch Pfeil und Bogen meisterhaft handhabe. Nichts in Feld, Wald und Flur entging seinem Adlerblick. Wenn er des Morgens früh die ihm anvertrauten Fohlen und Jungpferde zur Tränke trieb, schaute er über sich die Geheimnisse des Sternenhimmels. Und wenn er die Tiere im Sonnenschein zum Stall zurückbrachte, gewahrte er um sich her die Geheimnisse der Erde: der Steine, Pflanzen und Tiere. Er kannte sich auch in der Heilkunst aus und war beliebt bei den anderen Knechten und Mägden des Königs.

Eines Morgens, als Staffan mit den Fohlen um die Wette gelaufen war, um vor den Tieren an der Quelle einen frischen Trunk zu tun, erblickte er im Wasserspiegel ein Licht, wie er es noch nie gesehen hatte. Er schaute zum Himmel auf, konnte dort aber nichts entdecken. Inzwischen waren auch die Pferde angekommen und Staffan ließ sie trinken. Als er sich wieder über das Wasser beugte, sah er im Wasserspiegel drei Sonnen, die zu einer einzigen verschmolzen und schaute in deren Licht das Wunder der Christgeburt.

Davon war er so erschüttert, dass er die Begebenheit bei seiner Rückkehr auch anderen erzählte. Die Geschichte sprach sich herum und kam zuletzt auch dem König zu Ohren. Der befahl Staffan vor sich und fragte ihn nach seinen Erlebnissen aus. Staffan wusste wohl, in welche Gefahr es ihn brachte, dennoch erzählte er wahrheitsgemäß, was sich an der Quelle zugetragen hatte. Als er von dem neugeborenen Kinde als dem König des Himmels und der Erde sprach, geriet Herodes außer sich vor Zorn. Er befahl, Staffan festzunehmen und zu blenden. Danach ließen die Knechte ihn laufen.

Krank und elend irrte Staffan umher. Nur seine große Kraft hielt ihn am Leben. Nach einiger Zeit kam er in die Nähe der Quelle, deren Spiegel ihm das Wunder am Himmel gezeigt hatte. Er tastete sich hin, um seine schmerzenden Augenhöhlen zu kühlen. Mit beiden Händen schöpfte er das Wasser und führte es zum Gesicht. Kaum aber berührte es seine Augen, als der Schmerz auch schon verflog, und alsbald wuchsen ihm neue Augen, die noch viel schärfer sahen als jene, die er verloren hatte.

Lucia und Staffan

In Lucia und Staffan begegnen uns zwei gegensätzliche Betrachtungsweisen. Die besondere Art ihres jeweiligen Schauens ist urbildlich ausgeprägt. Lucia wird der Kraft geistiger Wirklichkeit durch Gebet und Versenkung in solch hohem Maße teilhaftig, dass sie den Menschen ihrer Umgebung als „überirdisch schön" erscheint. Diese Kraft leuchtet ihr aus den Augen. Lucia ist innerlich sehend. Staffan erlebt die geistige Wirklichkeit im Sinnenbereich draußen; seine Augen sind ungewöhnlich „scharf". Auch er ist ein Sehender.

Lucia wendet sich sinnend nach innen, Staffan schauend nach außen. Beide Sichtweisen sind religiöse Grundgebärden: **Meditation und Kontemplation** sind Lucias Weg; die aufs äußerste **gesteigerte Sinneswahrnehmung** Staffans.

Lucia verzichtet dem Sohn des Statthalters zuliebe auf ihre äußeren Augen und opfert sie, ohne ihrer Lebensanschauung dabei untreu zu werden. Dadurch erweckt sie auch ihren Freund für die geistige Wirklichkeit. Es ist, als würde er durch Lucias Augen-Opfer selber sehend. Da darf sich auch Lucia ihrer besonderen Betrachtungsweise wieder hingeben, ohne ihr Leben oder das ihrer Eltern zu gefährden und ohne den Jüngling zurückzustoßen. Sie erreicht ein höheres Sehen, ihre neuen Augen sind nach ihrem Opfer noch schöner als die geopferten.

Staffan steht durch seine Tätigkeit unter Herodes' Einfluss. Als dessen Pferdeknecht müsste er sich der Betrachtungsweise des Königs anschließen, doch das geht nicht: Er kann seine Sinneswahrnehmung nicht verleugnen. Am Königshofe aber gelten des Herodes Gesetze, und Staffan wird davon blind und elend. Er tastet sich umher und findet nurmehr durch Zufall oder Gnade, nicht mehr durch eigenes Sehen, den Weg zur Quelle. Nachdem er diese aber gefunden hat, fließt sie ihm von neuem: Staffan wird geheilt und sieht jetzt, nach der Erfahrung der durchlebten Blindheit, noch schärfer als zuvor. Er wird wieder klarsichtig. Dass des Herodes Wesensart Seelenblindheit schafft oder etwas Wesentliches im Menschen auslöscht, verrät uns ja auch das Bild des „Kindermordes", das in der christlichen Sage überliefert ist.

So scheint es, als deute der schwedische Lucia-Brauch, bei dem Lucia und Staffan miteinander umherziehen, in besonderer Weise auf das beginnende Yul-Geschehen hin:

„Sei wachsam und schaue nach außen wie nach innen auf das, was mit dem Beginn der Dunkelnächte anfängt zu wirken! Lass dich nicht von Oberflächlichem irreführen! Blicke mit „scharfen" Augen in die Welt und „sinne dem liebevoll nach", was du an echtem Sein im Scheinbild wahrnehmen kannst. In diese Richtung deuten auch die Worte:

> «Zum Himmel schau und dann zur Erden
> auf das, was neu beginnt zu werden.
> Mit scharfem Blick sieh auf den Schein,
> Ob er nicht möchte Wahrbild sein.»

Die gegensätzlichen Strömungen von meditativem Sich-Versenken in geistige Inhalte, wie bei Lucia, und von gesteigerter Geistesgegenwart im Erleben des Sinnenscheins, wie bei Staffan, gehören beide eng zur Weihnacht. Sie begegnen uns auch in den alten christlichen Weihnachtsspielen, -geschichten und -liedern wieder, wo sie in Gestalt der „Könige" und der „Hirten" auftreten. Hier erforschen die Könige überlieferte Weissagungen und meditieren sie liebevoll durch, dort erleben die Hirten die Freudenbotschaft von der Geburt des Kindes wahrnehmend in und aus der Natur."

Hjördis schloss ihre Ausführungen: „Als moderne Menschen sollten wir natürlich beide Seiten gleichermaßen in uns pflegen, doch ist es unvermeidlich, dass man seine Stärken in der einen oder anderen Vorgehensweise hat. Diese wird dann auch immer dominant sein. Daher ist es nur von Vorteil, wenn sich in der Weihnachtszeit Menschen in Gruppen zusammenfinden, um die Einseitigkeit des Individuums auszugleichen, sich von anderen anregen zu lassen und die eigenen sozialen Fähigkeiten in Gesprächen und gegenseitiger Rücksichtnahme den anderen zu schenken.

Kommen also auch wir zur Zeit der heiligen Nächte immer wieder einmal zusammen zu Gesprächen und Plauderei, zu Gedankenaustausch und gemeinsamer Bescherung, zu gutem Willen füreinander und zu Verzichtbereitschaft bezüglich unserer Egoismen: Wenn jeder so zur Krippe des Kindes sein schönstes Geschenk, nämlich seine Individualität mitbringt, das Beste, was er der Gemeinschaft uneigennützig zu geben bereit ist, dann werden wir wieder wahre Weihnachten feiern können! Dann werden auch wir wieder um die Krippe mit dem Kind darin versammelt sein. Dieses Kind ist ja Bild für etwas Neues in der Menschheitsgeschichte, etwas, das erst geboren werden kann, wenn wir Menschen aus unserem Ich heraus den freien Willen zum Wir entwickelt haben:

– Für den anderen, den Menschenbruder und die Menschenschwester stets da zu sein und einander bedingungslos zu unterstützen;

– den anderen zu akzeptieren, wie er ist und sich um ihn zu kümmern.

– sich für den anderen unablässig zu interessieren und ihn immer besser kennenlernen zu wollen!

Das, liebe Freunde, ist dann wieder ein Weihnachten mit dem Kind im Mittelpunkt! Die heutige Menschheit hat das Kind verloren und steht enttäuscht vor der leeren Krippe."

27. Kapitel

6. Januar

Die Anwesenden waren eine Weile still, dann klatschten sie Hjördis' Ausführungen Beifall, was diese sichtlich verlegen machte.

„Entschuldigt den Wermutstropfen am Ende! Der hat eigentlich nicht dazugehört. Ist sonst auch nicht meine Art, die Kulturpessimistin zu spielen.

Doch jetzt ans Gesellige! Im Nebenzimmer findet ihr etwas zur Stärkung, das Veronika und Helen dort aufgebaut haben, während wir die Legenden hörten. Die beiden Freundinnen kennen mein Programm in- und auswendig, außerdem ist Helen selbst Forscherin und Sammlerin mythologischer Schriften."

Sveya schaute Joachim an: „Das Bild rundet sich", sagte sie. „Wir haben innerhalb einer einzigen Weihnachtszeit ein echtes Crashprogramm in „Kulturgeschichte" erlebt. So etwas gibt's sonst nur in Romanen!"

Joachim nickte: „Es geht mir ähnlich. Zu manchen Zeiten kann ich selbst noch gar nicht glauben, was ich real erlebt habe und immer noch erlebe. Ob Hjördis das alles allein erarbeitet hat, oder ob sie auch „Besuche" kennt?"

„Du meinst, was bei uns geschah, könnte auch anderen widerfahren sein?", fragte Sveya.

„In dem Sinne, ja."

„Soll ich sie fragen?"

Joachim dachte kurz nach: „Frage sie, ja, aber so, dass du dich gegebenenfalls noch herausziehen kannst, wenn sie verneint. Sonst stehst du hinterher dumm da."

„Das hat mich noch nie von etwas abgehalten", lachte Sveya.

Nachdem die kleine Gesellschaft in munteren Gesprächen ins Nebenzimmer zum Büffet aufgebrochen war und die dargebotenen Leckereien zu plündern begann, waren auch Sveya und Joachim eine Zeitlang miteinander und mit den neuen Bekannten in fröhliche Plaudereien vertieft. Erst spät am Abend ergab sich für Sveya eine Gelegenheit, Hjördis unter vier Augen zu sprechen, als diese von der Toilette kam und Sveya ihr im Flur begegnete.

„Du willst mich etwas fragen", stellte Hjördis lächelnd fest.

Sveya fühlte sich dadurch ermutigt, ihre Frage ohne Umschweifen zu stellen: „Joachim und mich würde es sehr interessieren, ob du die Dinge, über die du sprichst, „nur" studiert, also erarbeitet hast, oder ob du auch gelegentlich Besuch von solchen Wesen wie Frau Holle bekommst."

„Tja, Liebes, es ist mutig von dir, das zu fragen. Ich will es einmal so sagen: Wenn ich mich lange genug und in der richtigen Weise mit etwas beschäftigt habe und dann auch noch zulasse, dass ich durch Imagination, Inspiration und Intuition zur Wahrheit vordringen darf, dann erhalte ich gelegentlich „Besuch". Aber über letzteren sollte man eigentlich nicht sprechen."

„Warum nicht?", fragte Sveya zurück.

„Weil es eines verschwiegenen Plätzchens bedarf, um das Mysterium zuzulassen und am Leben zu erhalten. Sieh, persönliche Erlebnisse hängen immer auch mit der Eigenart der Persönlichkeit zusammen, die sie erlebt. Sie sind nie „objektiv", also für jeden so nachvollziehbar, wie manche wissenschaftlichen Experimente. Daher sind die Ergebnisse deines Forschens und diejenigen meines Forschens unter Umständen beide wahr, beide richtig und beide exakt und dabei in der Wahl der Bilder doch so verschieden und voneinander abweichend, dass kein normaler Sterblicher sie als identisch einstufen würde, einfach schon ihrer Differenzen wegen. So ist es auch mit den „Besuchen": Die Bilder, in welche du ein geistiges Erlebnis kleidest, entspringen deinem persönlichen Hintergrund. Daher sind sie nie identisch mit den Bildern desselben Erlebnisses, das ein Anderer hat. Besucht dich ein Wesen, das dir als „Frau Holle" erscheint, so könnte dasselbe mich als Mutter Erde, als Frau Frigg, als Perchta, sogar als Hel in jeweils anderer Gestalt und Beschaffenheit aufsuchen. Daher ist es gut, über „Besuche" zu schweigen, denn was dich mit ihnen verbindet, trennt dich in der Regel von anderen Menschen und da gibt es ja schon Trennendes genug."

In diesem Augenblick kamen zwei Frauen den Flur entlang und Hjördis sagte schnell: „Lass uns ein andermal gründlicher darüber sprechen, ist dir das recht?"

„Was tauscht ihr denn hier für Geheimnisse aus?", fragte eine der Frauen.

„Aha, Regine hat ihre Antennen wieder ausgefahren", lachte Hjördis.

„Das Geheimnis umhüllt euch wie eine dicke Wolke", gab die Angesprochene zurück. „Man müsste blind, taub und blöde sein, wenn man das nicht bemerkte."

„Was denn nicht bemerkte?", fragte Johanna, die andere Frau.

Hjördis blieb kurz bei ihnen stehen, während Sveya zu Joachim und ihren neuen Freunden am Büffet zurückschlenderte.

Die ersten Gäste waren schon aufgebrochen und Sveya und Joachim beschlossen, ebenfalls zu gehen. Sie verabschiedeten sich herzlich von den Anwesenden und von Hjördis, dankten ihr für den reichen Abend und machten sich auf den Heimweg. Sie fuhren zu Sveya.

Als sie nach Owingen kamen, schlug die Kirchturmglocke Mitternacht. Die dreizehn Heiligen Nächte sanken mit jedem Glockenschlag tiefer hinab ins Dunkel der Vergangenheit. Als der letzte Ton ausklang, erreichten die jungen Leute Sveyas Wohnung. Sie stiegen aus und schauten zum Himmel auf. Er war mit Sternen übersät.

Aus den unbegreiflichen Fernen winkten ihnen Braut, Mutter und Ahnin einen Abschiedsgruß zu. Dann schloss sich die Haustür hinter dem Paar, und sie tauchten zusammen in ihr neues Leben ein.

28. Kapitel

Nach der Weihnacht

Die Rauhnächte waren den Dunkelnächten in die Vergangenheit nachgefolgt. Alle, die den Yul-Zauber während der zwölften erlebt hatten, erwachten wie aus einem Traum. Der Alltag ergriff wieder Besitz von ihnen, krallte sich Stück für Stück aus ihren Seelen und verschlang sie gierig. Am Bodensee kehrte der spirituelle Winterschlaf des Alltäglichen wieder ein. Die letzten Plätzchen waren aufgegessen, das „Festtröpfchen" im vertrauten Kreise verkostet. Partys und Gesellschaften wurden weiterhin angesagt und gefeiert, Freundschaften und Liebschaften kamen und gingen und Ehen wurden geschlossen, gebrochen und geschieden – es war alles so wie immer.

Einig paar Wenige machten allerdings die Erfahrung, dass ein neuer Einschlag im Leben tatsächlich zu neuen Ufern führen kann. Diese Ufer stellten das soziale Abenteuer menschlicher Gemeinschaften dar. Es mag merkwürdig klingen, aber Gemeinschaften können tatsächlich zu atemberaubend spannenden Abenteuern werden, wenn man Menschen besser und tiefer kennenlernt.

Da der Yulzauber bis zur Einführung des Christentums etliche Jahrhunderte lang gespukt hatte, steht auch zu hoffen, dass er jetzt, wo er neu emporgestiegen ist, nicht über Nacht wieder verschwinden wird.

Ich persönlich bin all dem gegenüber zwar skeptisch, aber meine Skepsis schmilzt von Jahr zu Jahr. Ich wage heute sogar die sehr kühne Vermutung, dass „Frau Holle" während der Zwölften immer noch umgeht. Wenn sie dir bisher noch nicht begegnet ist, dann solltest du dich vielleicht einmal fragen, warum.

- Wenn ein Schläfer erwacht und die Augen aufschlägt, was sieht er dann?

Richtig: Er sieht die Welt um sich herum.

- Wenn wir spirituell ausgeschlafen haben, werden wir irgendwann die inneren Augen öffnen, genau wie jene, die schon vor uns erwacht sind. Dann mag diese mysteriöse Frau Holle plötzlich in Echt vor uns stehen, uns wie einem Kind ganz freundlich über den Kopf streichen und sagen:

„Willkommen in der Wirklichkeit! Wie schön, dass du endlich aufgewacht bist!"

NACHSPANN

Über die einzelnen Mitglieder der Clique, die mir beim Kennenlernen ihrer Biografien ans Herz gewachsen sind, muss ich noch folgendes nachtragen: Etwa zu gleicher Zeit waren Sigmunds und Joachims Freundinnen Sabine und Sveya schwanger geworden; die Geburtstermine lagen bei beiden im August. Sveya wusste, dass sie eine Tochter erwartete und wollte das Mädchen „Bertha" nennen, obgleich Eltern, Schwiegereltern und Freunde ihr heftig von dem „altbackenen" Namen abrieten. Aber Sveya machte sowieso immer, was sie wollte, oder nicht? Sabine hoffte übrigens auch auf eine Tochter, verschwieg jedoch deren künftigen Namen standhaft, nur Sveya ahnte ihn. Bei der Taufe gab es dann für alle außer Sveya eine Riesenüberraschung! Die beiden Paare hatten sich übrigens schon früh gegenseitig die Patenschaft ihrer Ungeborenen angetragen und dieselbe mit Freuden angenommen.

Was die Betroffenen erlebt hatten, erzählten sie „im Vertrauen" auch Freunden und guten Bekannten und diese gaben es ihrerseits im Vertrauen weiter. So kam die Geschichte irgendwann vertrauensvoll zu mir. Ich will ehrlich sein: Anfangs hatte ich so meine Zweifel an ihrer Echtheit, denn man kann Gemeinschaften ja auch ganz anders als toll erleben: stressig oder öde. Darum habe ich die Berichte der Freunde anfangs nicht nur kritisch zur Kenntnis genommen, sondern sie auch immer wieder hinterfragt. Dann wurde ich aber gebeten, die Ereignisse der besagten Zeit als ganze Geschichte für sie und ihre Verwandten aufzuschreiben und sagte unvorsichtigerweise zu. Nur: Schildere einmal Dinge, die du nicht selbst erlebt hast und nur aus Berichten kennst! Wenn ich also bei all diesen ungünstigen Voraussetzungen dem Kern der Ereignisse irgendwo nahegekommen bin, dann auf ähnliche Art wie das blinde Huhn des Sprichworts.

Und zu guter Letzt: Wer diesen Ausführungen mit Skepsis begegnet, hat ganz recht, und das meine ich ernst, denn man sollte sich nie irgendwelche Dinge aufschwatzen lassen. Der Glaube gehört nun einmal eindeutig der Vergangenheit an. An seine Stelle sollten Erleben und Erfahrung treten, die uns wesentlich bekömmlicher sind. Dem eigenen Erleben kann man schließlich bedingungslos trauen.

Wenn ihr aber dem Wahrheitsgehalt des hier Beschriebenen auf den Grund gehen wollt, dann widmet euch ein paar Monate lang der „Pflege des silbernen Netzes" im eigenen Freundeskreis und haltet dabei die Augen offen. Ihr werdet staunen!

NAMEN

Joachim Balders

Sigmund Mahler

Sabine F.

Sveya von Freytag

Familie Fischer, Heiner und Gabriele mit Peter

Gabrieles Mutter Hjördis

Veronika und Helen, Hjördis' Begleiterinnen

Die Pfleger/innen des Silbernen Netzes:

Anja K. und Karl M.

Lena und Wolfgang

Dorothea und Bernd

Babs (Gabriele) und Rick (Richard)

Rhea und Philipp

Yvonne

Friederike

Anna-Myrthe und Ewald

Dazu, ungenannt, noch eine ganze Reihe alter und neuer Freunde.

Bei tredition sind weitere Bücher von Michael Duesberg erschienen:

Weihnachten – geheimnisvolle 13 Nächte und ein uraltes Fest. Märchen, Sagen, Sprüche und Lieder, die schon dem vorweihnachtlichen Yulfest zugehörten. Und immer wieder die nicht mehr vertrauten Gestalten von Luzia, Frau Holle und Frau Perchta mit ihren heimlichen und unheimlichen Begleitern und dem spukhaften Gefolge der Natur- und Hausgeister. Ein Brückenschlag zwischen uralter Naturmagie und modernem Bewusstsein. Anregungen zur Durchdringung und Intensivierung heutiger Festgestaltung mit einem Anhang von Vorschlägen zum Feiern mit Kindern.

ISBN   978-3-7323-3309-6 (Paperback)
           978-3-7323-3010-2 (Hardcover)
           978-3-7232-3011-9 (e-Book)

Woher stammt die Dreieinigkeit der Göttin und was sagt sie uns? Wie unterscheiden sich deren Aspekte „Braut", „Mutter" und „Greisin" voneinander, und wo halten die Drei sich in unserer Kultur versteckt? Wo sehen wir die Mythologie der „Großen Mutter" in den späteren Kulturen patriarchalisch orientierter Völker durchblitzen? Der Autor folgt den Spuren der steinzeitlichen Göttin durch die germanische und keltische Kultur und findet sie auch in unseren Märchen, Sagen, Liedern und Sprüchen sowie in altem und jüngerem Brauchtum. Die Fährtensuche verändert alles und stellt Vorurteile bloß. Wer diesen Weg unbefangen beschreitet, wird am Ende des Weges ein Anderer sein!

ISBN   978-3-7323-3711-8 (Paperback)
           978-3-7323-3712-5 (Hardcover)
           978-3-7323-3713-2 (e-Book)

Dieses Buch ist ein Beitrag zum Erkennen
unserer patriarchal gefärbten Lebenswirklichkeit
und der hausgemachten Nöte der Menschheit!
Der Autor entwickelt ungewohnte Gedanken-
gänge zu fundamentalen Fragen der
Menschheit: Fragen nach den Göttern, der
Schöpfungsgeschichte und der Herkunft des
Menschen. Die Ausführungen werden abgeleitet
von Mythologien, Märchen und Sagen und sind
untermauert durch Erkenntnisse aus verschiedenen Wissenschaftszweigen wie Anthropolo-
gie, Ethnologie, Biologie, Brauchtumsforschung
und anderen. Die vorliegenden Ausführungen
stützen sich auf die Ergebnisse moderner
Patriarchatsforschung.

ISBN: 978-3-7345-0811-0 (Paperback)
       978-3-7345-0812-7 Hardcover)
       978-3-7345-0813-4 (e-Book)

In dieser Erd-Geschichte geht es um ein
allgemeines Bekanntmachen geographischer,
geologischer und anderer Tatsachen und um
Anregungen zur eigenen Beobachtung. Es ist
daher kein Lehrbuch im üblichen Sinne.
Dass durch diese Art der Sachdarstellung
jedoch mehr gelernt werden kann als
mithilfe herkömmlicher Lehrbücher, soll
nicht verschwiegen werden. Zudem befasst
sich das Buch mit Bereichen und Fakten, die
kaum irgendwo anders zu finden sind.
Durch fiktive Dialoge zwischen Großvater
und Enkel erhält der Lehrstoff zusätzlichen
Pep, außerdem werden Erinnerungs- und
Lerntechniken vorgestellt, die das Behalten
von Lerninhalten radikal zu steigern
vermögen. Dies kommt nicht nur den
geologischen Angaben im Buch zugute,
sondern kann fortan für alle Schulfächer
oder Interessengebiete eingesetzt werden.

ISBN: 978-3-7439-5207-2(Paperback)
       978-3-7439-5208-9(Hardcover)
       978-3-7439-5209-6(e-Book)

In diesem Ratgeber schreibt der Verfasser über sechs verbaute Lebenswege, die es wieder freizuräumen gilt. Wege, ohne die wir nicht zu unseren Idealen und damit nicht zum Glück gelangen können. Dass sie „verbaut", von Hürden versperrt und mit Stolpersteinen und Fußangeln überzogen sind, ist noch nicht einmal jedem klar. Doch die Kenntnis dieser Wege und der dort lauernden Gefahren wirkt befreiend und lässt uns leichter mit den großen Problemen unserer Zeit umgehen. Die Hauptkapitel des Buches befassen sich mit den Folgen des Patriarchats, dem Materialismus, dem Egoismus, den Lebenslügen und Illusionen, unserem Staat und Sozialleben und unserer grotesken Geldwirtschaft. Nach der Lektüre dieses Buches werden die Leser um etliche vermeintliche „Feinde" ärmer geworden sein, aber auch erkennen, woran sie wirklich arbeiten sollten. Mit diesem Knowhow lassen sich auch die Wege zum Glück wieder freilegen.

ISBN: 978-3-7439-1206-9 (Paperback)
        978-3-7439-1207-6 (Hardcover)
        978-3-7439-1208-3 (e-Book)

Was Großvater als Bub erlebte, befähigte ihn später, seinem Enkel Peter die Welt der Naturgeister nahezubringen, die den Speicher ihres Hauses bevölkern. Aber die Elfen wollen mehr als nur ein bisschen Aufmerksamkeit; sie werfen ihre Zaubernetze über Peter und ziehen ihn in ihre Welt hinein. Weil Peters Großvater meint, für die Befreiung seines Enkels zu drastischen Mitteln greifen zu müssen, engagiert er die Dorfhexe Eulalia. Diese kooperiert wiederum mit dem üblen Schwarzmagier Hugohuck Kaiman. Eine turbulente Entwicklung mit allerlei Folgen …

ISBN: 978-3-7469-3769-4 (Paperback)
        978-3-7469-3770-0 (Hardcover)
        978-3-7469-3771-7 (e-Book)

Die Geschichte einer ungewöhnlichen Verbindung. Der Träumer Tom, der sich nach fernen Ländern sehnt, erhält Besuch aus dem Meer. Eine Meerfrau, Himinglæva, die schönste von Rans neun Töchtern, verliebt sich in ihn, und die beiden heiraten. Doch eine dunkle Vorgeschichte wirft ihre Schatten bis in die Gegenwart herein, und die gemeinsamen Kinder der Nymphe und ihres Ehemannes geraten dabei immer wieder in Lebensgefahr. Himinglæva und ihr Sohn überleben, doch ihr Mann, ihre Tochter Deirdre und drei von deren Freunden werden in den Tod gerissen.

ISBN: 978-3-7469-5685-5 (Paperback)
978-3-7469-5686-2 (Hardcover)
978-3-7469-5687-9 (e-Book)

Eine umfassende Wort- und Satzlehre zum Auffrischen verblassender Kenntnisse, nicht ohne reichlich eingestreute kleine ‚Leckerbissen'; sodann eine ungewöhnliche Stilkunde, die sich an den menschlichen Temperamenten orientiert; ein vergnüglicher Rhetorik-Lehrgang und das Thema ‚Aufsatz', beide üppig mit Beispielen ausstaffiert; zuletzt eine gründliche Stilkunde, und das Ganze auch noch lesbar und leicht nachzuvollziehen – wer könnte da widerstehen? Learning by reading.

ISBN: 978-3-7469-7281-7 (Paperback)
978-3-7469-7282-4 (Hardcover)
978-3-7469-7283-1 (E-Book)

VERZAUBERTE WEIHNACHT

MICHAEL DUESBERG

Weihnachten – scheinbar vertraut und doch so voller Geheimnisse und Überraschungen! Das müssen auch die jungen Leute erfahren, die sich am 24. Dezember zu einer Party bei Freunden zusammenfinden und im Laufe des Abends spontan beschließen, das eigentliche Weihnachten zu hinterfragen und womöglich zu ergründen. Dabei gelingt es ihnen tatsächlich, einige der Schleier zu heben, die das Fest verhüllen. Hinter den Schleiern aber begegnen ihnen andere Dinge und Wesen als sie erwarten.

Einige der Party-Gäste dringen bis zu Elementen des alten Yulfests vor und geraten in die Wirbel der Anderswelt, andere schaffen es in die noch älteren Regionen des uralten Yulfests und gelangen so zum Erleben der Großen Mutter.

Doch nach dem Überschreiten von Schwellen können die Dinge leicht aus dem Ruder laufen …

ISBN: 978-3-7469-9262-4 (Paperback)
        978-3-7469-9263-1 (Hardcover)
        978-3-7469-9264-8 (e-Book)

MIX

Papier | Fördert
gute Waldnutzung

FSC® C083411

Zeitfracht Medien GmbH
Ferdinand-Jühlke-Straße 7
99095 Erfurt, Deutschland
produktsicherheit@kolibri360.de